Réconciliation

Anne Dufour Vincent

Réconciliation

© Anne Dufour Vincent, 2023
Réédition 2024

Édition : BoD – Books on Demand, info@bod.fr
Impression : BoD – Books on Demand, In de Tarpen 42, Norderstedt (Allemagne)
Impression à la demande

ISBN : 978-2-3224-9987-8

Tous droits de reproduction, d'adaptation et de traduction intégrale ou partielle réservés pour tous pays.

L'auteur est seul propriétaire des droits et responsable du contenu de ce livre.

Dépôt légal : août 2023

Introduction
Faire attention aux autres

Avec mon frère David, nous avons acheté une petite maison dans les Flandres. David y habite, et il s'occupe de l'entretien du jardin. Mon mari Alexis et moi le retrouvons certains week-ends, et ce samedi, David m'a dit : « Cette semaine il fait chaud, je ne tonds pas la pelouse pour sauver les papillons ». Bien sûr, ça ne fait pas que ça, mais j'ai trouvé ça intéressant, de faire attention aux papillons !

Parce que, il faut que je vous avoue, j'ai un petit problème avec les personnes qui exercent leur autorité d'une façon imposante. Je le ressens comme une injustice ; par exemple, je ne supporte pas la responsable du club de bridge que je fréquente. Elle décide si tu es bonne joueuse ou mauvaise et fait des remarques chaque fois que tu poses une carte. Une manière de ne pas faire attention aux personnes, à leur manière personnelle de faire ou de jouer...

Et puis j'ai aussi des problèmes avec les responsables de tout poil, s'ils dirigent de façon un peu trop rigide, voire dictatoriale, leur petit monde ; ces personnes qui savent comment il faut être, comment il faut faire... Normalement leur rôle est de faciliter la circulation de la parole ou des idées, ou d'aider les membres à trouver leur place. Eh bien j'en ai connu qui ne le faisaient pas, et alors, dans ces cas-là, je ne suis pas du tout indulgente, ça me met dans des états intérieurs difficiles à supporter d'autant qu'en général, je ne le dis pas... Ça me fait des colères rouges ou rentrées, ou... le plus souvent, je fuis. Mais ce n'est pas la solution, et je ne l'ai pas encore trouvée. Je n'arrive ni à le dire ni à le digérer. Je n'ai pas résolu mon problème.

Dernièrement, j'ai mal vécu l'éjection d'un membre d'une petite communauté de réflexion religieuse à laquelle j'appartiens depuis les années 90, dans la région du Nord, où j'habite. J'ai alors ressenti un sentiment de grande injustice qui m'a donné envie de passer en revue toutes les colères refoulées depuis mon enfance... et qui m'ont empêchée d'exister... de vivre... de me déployer...

Cette petite communauté est composée de neuf personnes : un(e) accompagnateur spirituel, un(e) responsable, et sept mem-bres. La ou le responsable est choisi par l'équipe et est établi pour deux ou trois ans. Son rôle est d'être attentif à chaque membre, et de l'aider à prendre sa place en respectant celle des autres. Il est en lien avec l'accompagnateur, soucieux de la croissance de chacun dans les perspectives proposées par ladite communauté et acceptées par les membres : s'entraider à trouver son chemin dans la foi en tant que chrétiens. Elle ou il tient le cadre : les horaires, les préparations des réunions, leur rythme.

Matthieu, notre nouveau responsable, est un homme énergique. Il porte une famille où les soucis ne manquent pas : une épouse malade, deux filles brillantes qui cherchent encore leur équilibre. Il est enseignant en collège, et a une parole sûre. Il est très compétent et les jeunes ainsi que ses collègues l'apprécient. Il a vécu une période de tensions, en étant atteint par un état de fatigue chronique qui l'empêchait parfois de se déplacer. Il prit comme le reste, ce problème à bras le corps, et à l'aide d'une personne spécialisée en cette matière, non seulement il guérit, mais devint à son tour thérapeute et en fit son métier.

Cette énergie, ces victoires sur les obstacles rencontrés dans sa vie et autour de lui, lui ont donné des certitudes fortes. Le problème est que cela s'exprime parfois d'une manière très envahissante. À force d'avoir trouvé des solutions, Matthieu impose les siennes, au risque d'éteindre la parole de son ou ses interlocuteurs, puisqu'il imagine que ses solutions s'ap-pli-quent forcément aux autres. Il a pris l'habitude d'imposer ce qu'il pense et cela prend beaucoup de place.

Il s'est passé quelque chose de cet ordre avec Damien, lorsque celui-ci a proposé lors du dernier confinement lié à l'épidémie de Covid, de nous retrouver en visioconférence. Or Matthieu avec notre accompagnateur avait envisagé un échange par mails interposés. Il s'ensuivit une énième querelle entre Damien et Matthieu devant laquelle les membres sont encore une fois restés silencieux. Même si l'accompagnateur avait pris soin d'interroger chacun par téléphone pour comprendre ce silence qui entourait leurs différends, Damien fut éjecté.

Ce qui me questionne, ce n'est pas tant ce qui s'est passé, après tout qu'ils aient eu tort ou raison d'éjecter Damien m'importe peu. Mais alors, la relation avec Matthieu est devenue pour moi insupportable. Cette impression que j'ai de subir la toute-puissance, a réveillé en moi de vieux démons et ce qui m'étonne encore plus, c'est la non-réaction des membres du groupe que je n'ai pas réussi à interpeller... Alors j'ai quitté le groupe et ne suis pas pour autant en paix. C'est cela que j'ai eu envie de regarder. Pourquoi cette colère et ce silence ?

Dans la Genèse au chapitre 4, verset 7, Le Seigneur s'adresse à Caïn qui vient de vivre ce qui lui semble une injustice :

Si tu agis comme il faut, tu reprendras le dessus, sinon le mal est tapi à ta porte, comme un monstre à l'affût ; il désire te dominer, mais c'est à toi d'en être le maître.

Les groupes humains engendrent sou-vent des situations d'injustice...

Chapitre 1
Premières rencontres

La relation avec mon père a débuté de façon particulière. En 1947, il y avait peu de maternités et les futures mamans accouchaient chez elles ; mon père assista donc à ma naissance.

Je suis née à Sommervieu, petit village du calvados près d'Arromanches ; j'avais le cordon ombilical autour du cou, je ne respirais pas, mon père m'a attrapée par un pied et secouée, frictionnée avec de l'alcool, j'ai alors daigné crier. Je lui dois d'être vivante.

Ce premier geste pour le moins musclé, énergique, me remplissait à la fois d'admiration (mon père ne manquait pas de sang-froid), peut-être d'amour, mais aussi un peu de peur. Cette peur qui m'a accompagnée toute la vie.

Quand j'étais petite, il me prenait dans ses bras... Je n'ai pas ce souvenir avec ma mère qui, elle, accaparée par les tâches de la vie familiale et femme de devoir n'était pas du tout encline aux câlins.

Mon père rêvait d'avoir une petite fille danseuse... Il avait émis ce souhait devant moi et ça me tentait beaucoup. Mais c'était avec ma mère que nous passions le plus de temps, et c'était elle qui tenait les cordons de la bourse. Lorsque je lui demandai de m'inscrire à la danse, elle refusa, c'était trop onéreux. Je le regrette encore. Il faut dire qu'ils ont connu tous les deux de grandes périodes de galère.

Ils se sont rencontrés en 1936, à Roubaix, lors de la soirée de mariage de la sœur aînée de Maman. Elle avait dix-neuf ans et, entourée de frères, moqueurs elle était probablement peu sûre d'elle. À mon avis ce bel homme qu'était mon père devait lui faire un peu peur, car les présentations faites, ma mère a déclaré : « pff, il ne me fera pas danser ! »... Un peu défaitiste quand même !

Mais il est vrai que mon père était très beau : grand, brun, cheveux ondulés, un corps d'athlète, des mains immenses, des yeux brillants, élégant, bref, impressionnant, si j'en juge par les photos des albums conservés de leur jeunesse.

Mon père piqué au vif, intrigué et attiré par la sincérité de cette jeune fille a choisi de danser avec elle, et ils sont restés ensemble toute la soirée... Ils se sont mariés en 1937 ; Gérard, mon père avait vingt-cinq ans, et Marie Pierre, ma mère, vingt ans.

Mon père, dont le père était médecin, né dans les Flandres dans une famille bourgeoise, a préféré quitter toutes ces manières et autres traditions pour vivre à la campagne et élever des vaches laitières. Son choix s'est porté sur la Normandie où bientôt le père de ma mère, que nous appelions Grand-Père, et ses enfants non mariés, les ont rejoints pour un temps, afin de fuir la guerre en 1940.

Grand-Père, lui-même issu d'un milieu privilégié a craint pour sa fille un trop grand dépaysement et a loué pour le jeune couple, un manoir à Sommervieu, où sont nés tous mes frères et sœur, sauf Adrien, car ledit manoir était en 1941 occupé par les Allemands.

Je n'ai pas de souvenir de cette grande maison car je n'y ai pas vécu, mais mon grand-père paternel que nous appelions

Bon Papa avait l'habitude de prendre pinceaux et tubes de peinture quand il se déplaçait à la campagne ; il en a fait un joli tableau qui trône encore sur le mur de la maison d'un de mes frères.

C'est une grande demeure, donnant sur un jardin composé d'une pelouse entourée d'une allée. Une tour carrée sur le côté gauche donne un air tout à fait romantique et charmant à cet ensemble, composé d'une porte d'entrée majestueuse et de nombreuses fenêtres à petits carreaux, le tout sur fond de verdure et de ciel bleu. Sur la droite une barrière donne envie d'aller courir dans la nature.

Les trois premières années, ils menaient la grande vie. Beaucoup de leurs amis venaient leur rendre visite et ils étaient accueillis chaleureusement. On mettait souvent les petits plats dans les grands, et les bons vins, le cidre, et parfois le champagne coulaient à flots.

Dès le début de l'année 1938, leur premier garçon est arrivé. Frank est né en janvier, et il faisait bien froid dans cette grande maison où le chauffagiste était justement en train d'installer un nouveau poêle à charbon. Heureusement, notre Bon-Papa médecin est arrivé avec du champagne et en a vite donné une petite cuillère au bébé pour le réchauffer.

Un autre petit garçon n'a pas tardé à arriver, puisque Clément a pointé le bout de son nez dès le mois de décembre de la même année.

Chapitre 2
Ça se complique

Les affaires de mon père florissaient et son adaptation à cette nouvelle région se passait tellement bien qu'il a assez vite pu se présenter et être élu maire de la petite commune normande. Il n'était pourtant pas très branché sur la politique, mais il avait, ancien chef scout, un solide sens de l'organisation et une âme de leader. Je n'ai pas connu mon père à cette époque, mais j'imagine que sa jeunesse, sa force et sa récente formation à l'école d'agriculture de Genest lui donnaient envie de participer à l'entraide ; plus tard il fera partie d'un groupe de résistants.

Ils n'avaient pas de voiture à l'époque, et mon père a bien essayé d'initier ma mère à la conduite d'une voiture à cheval... Je crois que les villageois ont bien ri en voyant ladite voiture tourner en rond autour de la place du village, Maman ne sachant que faire de ces rênes censées guider les chevaux ! J'ose faire le parallèle avec les rênes qui tiennent un cadre quand on élève des enfants ? Il est vrai que cela non plus n'a pas semblé facile pour elle.

Et puis ma sœur Marie Pierre est arrivée au printemps 1940, joie pour mes parents d'accueillir une petite fille après deux garçons. Elle est née en tout début de la guerre 40-44.

En mai, mobilisation générale, la drôle de guerre a emmené mon père dans les Ardennes pour un ou deux mois. Pendant ce temps, ma mère, avec ses trois enfants petits, seule dans la ferme où elle avait eu peu d'occasions de s'occuper des bêtes, a heureusement pu recevoir les coups de main nécessaires à la bonne marche des affaires. Peu de temps après, les Allemands sont arrivés, et ont réquisitionné le manoir et les chevaux... L'un d'eux s'appelait Trompette, ce nom me faisait rêver.

Cependant, la naissance d'un troisième enfant permettait la démobilisation des jeunes pères.

Papa a pu revenir en Normandie, et le manoir étant occupé, ils ont déménagé dans la ferme qui jouxtait la grande maison.

Ce fut, je crois pour chacun une période à la fois difficile, mais aussi chargée de moments forts, en regroupements de famille puisque Grand-Père et quelques-uns de ses douze enfants les avaient rejoints. Pour s'éloigner des zones de conflit, ce dernier avait acheté une propriété à Bazenville, village proche de Sommervieu.

À ceux restés dans les Flandres, famille et amis, ils pouvaient envoyer du beurre, et des légumes.

Maman qui faisait presque toutes ses courses et démarches à vélo se faisait souvent arrêter par les Allemands à qui elle tenait tête et savait au besoin leur demander des services. Il y avait parmi eux un médecin qui a pu lui prêter main forte lors de grippes ou bronchites en lui donnant de la pénicilline, premiers antibiotiques qui ne circulaient pas encore en France. Ils étaient parfois accueillis par les cris de mes frères, « Maman, voilà les sales boches », difficile de les faire taire ! Mais je crois que ces derniers avaient bien conscience qu'on ne les aimait pas trop.

La voiture à cheval était encore utilisée, et à un retour de courses, Papa a vu arriver la voiture au grand galop, Maman prête à accoucher de son quatrième enfant. Adrien a failli naitre dans la carriole ! C'était en septembre 1941.

Maman, un peu débordée par tous ces enfants et événements, était heureusement aidée par sa sœur puinée, tante Germaine, que mes frères et ma sœur adoraient. Les deux aînés, Frank et Clément faisaient souvent des bêtises, et quand Papa les grondait, ils étaient enfermés dans le poulailler, où il entendait Frank dire à Clément « Viens, on va se mettre dans les courants d'air, comme ça on sera malade et Papa va se faire attraper par Maman ».

Tante Germaine, d'une dizaine d'années plus jeune que ma mère, considéra longtemps mes frères et ma sœur comme ses enfants, puisqu'elle assistait Maman régulièrement et particulièrement longtemps à chacune des nombreuses naissances ! Elle se fiança au moment de mon baptême, avec le fils d'amis de mes parents, ce qui nous a permis de revenir régulièrement revoir la Normandie par la suite, après son mariage. Quleques années plus tard, mes poupées porteraient le prénom de ses premiers enfants, tellement ça avait l'air d'être bien d'être son enfant ! J'ai entendu tant de fois mes frères parler d'elle avec des étoiles dans les yeux. Elle leur préparait régulièrement des pommes au four, dont ils étaient privés quand ils n'étaient pas sages, et qu'ils réclamaient « ma pomme, tante Germaine, ma pomme », en promettant de ne plus recommencer.

Ma mère était une personne facilement inquiète, en ce qui concernait notre santé. Alors qu'elle n'est plus parmi nous depuis quelques années, je l'entends encore me dire de bien me couvrir ou de me questionner sur mes heures de sommeil et la qualité de ce que je mange... Elle prenait soin de nos corps, mais sans les cajoler, ce qui je crois nous a, à tous, beaucoup manqué.

Il est arrivé qu'à une fête familiale, Maman me reprochât d'être collante, alors que je recherchais l'affection d'un oncle qui m'aimait bien et qui me le montrait.

C'était aux noces d'or de Bon papa et Bonne maman. Il avait été proposé aux invités de porter les vêtements des années 1890, époque de leur mariage. Ma mère était magnifique, avec son corsage froncé à la taille, et noué à l'encolure par un gros nœud de soie, les manches étaient bouffantes. Toutes les femmes en jupe longue, portant un chapeau recouvert de fleurs, étaient resplendissantes. Les hommes en veste longue et chapeau haut de forme portaient un gilet à boutons dorés, sur une chemise agrémentée pour la plupart par un joli nœud papillon.

Un certain oncle de mon père qu'il appelait papa Geo, m'avait prise sur ses genoux, et j'en avais profité pour abuser de ces câlins dont, à la maison, nous étions privés.

Mon père au contraire était très détendu et confiant, rassurant quand nous avions quelque fièvre... L'habitude avec notre Bon Papa, son père, qu'il entendait parfois soigner ses patients, et l'habitude avec ses bêtes de percevoir les corps. Mais comme son père, Papa était colérique ; colères violentes parfois, aussi violentes qu'inutiles... Car au lieu de parler à ses enfants très « bétisards », quand Maman qui avait, comme avec les chevaux des difficultés avec l'autorité, hurlait « Gérard », l'appelant à l'aide quand elle était dépassée, Papa arrivait et tapait dans le tas, cassant parfois quelque objet, ce qui avait le don de me terroriser ! Et mes frères de leur permettre à l'occasion, de les provoquer pour voir. D'ailleurs ils se moquaient souvent de ceux qui représentaient cette fameuse autorité.

Eh oui, dans la description de ce paradis, nous percevons déjà le mal tapi. Ces colères prêtes à surgir aux contrariétés, petites ou grandes, selon l'humeur !

Chapitre 3
Le débarquement

Mais je vais un peu vite, car dans notre histoire, je ne suis pas encore née.

En décembre 1943 est arrivé Timothée, un joli petit garçon blond aux yeux bleus, qui avant d'avoir un an a connu la période du débarquement, en juin 1944.

Le débarquement en Normandie, la famille l'a connu en direct puisque le village où se trouvait le manoir était situé près d'Arromanches. Papa, conscient d'avoir vécu un moment fort de l'histoire a fait le récit de cette nuit du 6 juin, retrouvé par hasard, lors d'un dernier déménagement, dans un cahier qui avait dû être son journal. Je lui laisse la parole :

Lundi 5 juin 1944 : Les Allemands ce soir sont sans âme. Pas de chants, pas de cris comme à l'habitude ; des têtes glabres en de petits groupes discutent lentement. Il se prépare quelque chose. Nous nous couchons cependant, sans autre souci que celui de préparer nos vêtements pour filer à l'abri éventuellement.

Mardi 6 juin 1944 : Marie Pierre me réveille vers minuit : « Entends-tu ? » Entre deux rêves, je perçois vaguement un remue-ménage important dans le jardin et la maison : des voitures s'approchent de la porte, des caisses se chargent, les chevaux s'éloignent avec leur chargement. Déménagement allemand. Je me lève pour surveiller mon mobilier.

Au loin, on entend une vague canonnade habituelle, et après un coup d'œil dans la cour, je me recouche tranquillement. MP ne dort pas. Germaine (la jeune sœur de Maman) nous rejoint dans la chambre et nous demande des nouvelles : « on descend à l'abri ». J'hésite : les cinq à embarquer me paraissent un travail fatiguant. Quand tout à coup : canonnade effroyable autour de nous, il est une heure trente environ.

J'attrape hâtivement Timothée avec sa couverture et crie : « Tout le monde dehors », ordre immédiatement exécuté avec une rapidité inconcevable ; le ciel est rouge, tout semble brûler sur la route, et le bruit est effrayant ; les enfants, mal réveillés, réagissent cependant très bien et obéissent docilement ; notre abri à ciel ouvert nous permet de contempler un spectacle infernal : des traînées rouges, bleues, vertes, dans le ciel, des explosions cramoisies, des éclairs fulgurants, au milieu d'un vacarme assourdissant.

Les Allemands sont dans leur trou en casque et équipés pour le départ : musettes au dos et fusil chargé. Rien de bon à présager.

Nous installons l'abri au milieu des prairies pour attirer sur nous la protection du ciel. Nous avons des Allemands dans notre trou. Je retourne à la maison prendre les couvertures nécessaires et nos papiers les plus importants, et reviens me joindre aux miens.

Nous attendons patiemment jusqu'au matin. Les enfants s'endorment même sous le bruit et le feu.

Nous croyons à une attaque anglaise, mais pas à un débarquement. C'est tellement subit.

À l'aube, je vais à la ferme voir l'état des chevaux et des bestiaux. Léon (un des ouvriers agricoles) est dans son trou avec ses enfants et sa femme, morts de peur. Je les invite à nous rejoindre et vais avec Léon voir les chevaux. Tout va bien. Les Russes[1] *sont dans le petit chemin vert et dorment en attendant les ordres. Je demande à l'un de veiller à tenir les barrières fermées. Il se porte en sentinelle et me promet bonne garde. Ça va !!!*

Je vais ensuite chez le voisin, Mr Soufflet, aux nouvelles. On ne sait rien. Il me dit de revenir plus tard. En mon absence, Léon reçoit l'ordre du maire de préparer un cheval et un banneau. Je lui dis de préparer le cheval à l'écurie et d'attendre les événements ! Ça tonne toujours de partout, et l'on distingue à travers les bombes et les moteurs d'aviation le bruit des canons côtiers et des pièces marines. Ça paraît très sérieux comme engagement.

Tout le monde étant calme à la maison, je retourne aux nouvelles chez Soufflet. Quelques bombes sur le village. Nous nous préparons pour aller visiter les sinistrés éventuels. À peine arrivés sur la route : détonation épouvantable, grenailles et pluie d'éclats. Nous plongeons dans la

---

[1] Certains prisonniers russes ont été enrôlés auprès des soldats allemands en 1944.

berme[2], sans mal heureusement. Le village brûle un peu dans le bas. Et vers la maison j'aperçois un immense nuage de fumée. Mon cœur se serre, et comme un fou je me précipite vers le château, heureusement rien de touché.

La mitraille est tombée chez Chotel (un autre voisin), sans autre dégât que deux vaches tuées, et deux blessées. Chez moi, tout le monde prie dans le trou. J'encourage Léon à ne pas se montrer aux Allemands qui m'ont demandé où étaient mon banneau et mon cheval.

On a l'impression très nette de pagaille chez eux. L'affolement les rend d'ailleurs inoffensifs.

Je m'en vais avec Léon dormir dans un trou du potager. Nous sommes très fatigués. La peur et le bruit nous font bourdonner les oreilles et nous éreintent. Vers midi, après un repas hâtif, nous décidons d'aménager l'abri familial que nous couvrons de planches et de terre. Les Allemands semblent se grouper dans le petit chemin derrière la maison, avec chevaux et voitures. Nous sommes contents de les voir disparaître peu à peu. On ne pense même plus à me réclamer mon banneau.

---

[2] La berme est l'accotement de la route.

Léon semble moins inquiet d'un départ éventuel et nous travaillons à l'abri avec courage. Les avions tournent et bombardent toujours. Et notre travail terminé, nous discutons près de l'abri. Je profite de ce calme pour aller aux nouvelles. Personne ne sachant rien, je reviens à l'abri. Quand tout à coup, les avions anglais piquent sur nous en mitraillant, et jetant leurs bombes. Bruit effrayant, qui nous fait plonger comme des lapins, pêle-mêle dans l'abri. Nous n'avons aucun mal.

Mais la maison du père Moulin, dans le bas du village, semble sérieusement touchée. Tout tremblants, nous restons dans l'abri et attendons les événements. Au loin nous entendons des bruits de mitrailleuse et de char, et sentons l'approche des Anglais et de la bataille.

Le père Chotel vient me prévenir qu'il a aperçu des Anglais à Saint-Sulpice. Je ne le crois pas.

Il disait pourtant vrai, car bientôt, les Allemands tirent de derrière chez nous. Ils doivent se battre chez Aimée-Marie. Nous apprendrons plus tard, qu'ils se battaient au-dessus de son abri. Les balles sifflent au-dessus du nôtre, et nous nous calfeutrons sans bouger, en attendant les événements.

Vers quatre heures Léon vient nous prévenir que les Anglais sont à Sommervieu, que les Allemands sont prisonniers. Nous n'en croyons pas nos yeux, et comme un fou, je me précipite au carrefour pour jouir du spectacle. C'est bien vrai, les Tommies sont là, qui gardent la route. Les autres passent déjà et les prisonniers allemands remontent vers Asnelles.

Dans cette période troublée, en 1944, une autre petite fille est née, mais n'a vécu que quelques mois. C'était à la fin de la guerre, les médicaments en rupture de stock, une dysenterie l'a emportée. Odile a souvent été évoquée dans nos prières du soir, petit ange de notre famille du ciel.

Les Anglais avaient pris la place des Allemands dans le manoir, mais au grand plaisir de mes frères et ma sœur car ils distribuaient bonbons et chocolats, et puis, ils les emmenaient dans leur char pour faire des courses ou pour le plaisir, quand ils n'étaient pas occupés.

Chapitre 4
L'accident

En 1945, la famille est à nouveau installée dans la grande maison, les Anglais ayant quitté la région.

La famille et les amis se retrouvaient à nouveau pour des temps de fêtes, de grandes balades, baignades ou pique-niques. Maman est enceinte, sa sœur aînée aussi. Un dimanche, une promenade s'organise et après un moment, les deux futures mamans rentrent à la maison un peu plus vite avec Adrien qui est furieux, car il aurait aimé continuer à marcher avec les grands... Tellement furieux, qu'en grimpant sur la planche des toilettes, pour se venger en faisant une bêtise, et parce qu'il avait soif, il attrape une bouteille qu'il pense être du lait, et avale. C'était de la soude caustique !

Branle-bas de combat, et précipitation, de toute urgence, il faut emmener l'enfant à l'hôpital ! Maman enfourche le premier vélo qui lui tombe sous la main et installe Adrien sur le porte-bagage, hurlant de douleur, de rage et de honte « J'ai pas de culotte, Maman, j'ai pas de culotte ! ». Je crois que tous les patients de la salle d'attente de l'hôpital se sont souvenus longtemps de ces cris !

Mais il est temps de vous parler de Maman, née en 1916 au beau milieu de la guerre 14-18. Elle était issue d'une famille nombreuse, sixième de douze enfants. Elle nous a souvent dit que c'était la place idéale, car entre les grands et les petits, elle pouvait choisir et globalement, on lui fichait la paix.

Ils habitaient une immense maison, avenue Delory, à Roubaix, où tout était grand, le vestibule, la cuisine, les salons, salles à manger, et chambres. Il y avait une cuisinière et des « bonnes » qui aidaient. Leur mère, ma grand-mère que je n'ai pas connue puisqu'elle est morte quand ma mère avait dix-huit ans, était sûrement débordée elle aussi, et tourmentée par les problèmes de santé de ses enfants confrontés aux épidémies de l'époque, la polio et surtout la tuberculose, puisque plusieurs de mes oncles et tantes ont fait des séjours en sanatorium. Pas beaucoup de temps de s'occuper de chacun individuellement. Alors maman a poussé comme elle a pu. Et puis tout était facilité grâce aux personnes au service de la maison, mais Maman n'a pas beaucoup appris à se débrouiller avec les choses matérielles.

Cela explique peut-être le désordre dans les différentes maisons dans lesquelles nous avons vécu. Pas beaucoup de paroles non plus, ni de câlins. Ma mère était dure avec elle-même. Elle nous racontait cette anecdote : un clou ressortant à l'intérieur d'une de ses chaussures à l'endroit du talon, elle avait pris l'habitude d'être attentive à bien placer le clou dans la plaie formée dans la chair... et de continuer à marcher... Si Papa nous a transmis sa sensibilité et son caractère colérique, Maman nous a transmis cette tendance à une certaine froideur objective sur le plan émotionnel. Résilience... On souffre en silence et on avance...

Mais après l'accident, ce n'était pas le moment de se laisser aller, il fallait tenir, et mes parents ont tenu ! Pour Adrien, et pour les autres.

Même si Maman s'en voulait de ne pas avoir rangé ou mieux caché la bouteille de soude caustique.

Alors il y a eu un avant et un après cet événement tragique.

Dans les années 1940, il n'y avait pas encore de sécurité sociale pour les agriculteurs, et leur pécule et autre legs de leurs parents respectifs n'auraient pas suffi à éponger les dépenses liées aux soins nécessaires pour Adrien, qui devra subir plusieurs interventions. Alors finie la belle vie, adieu les vaches, les poules et aussi le manoir. Cette période restera pour tous le temps du paradis perdu.

Après la naissance de David dont Maman était enceinte au moment de l'accident, en janvier 1946, la famille a déménagé à la ferme, où elle avait déjà vécu au moment de l'occupation du manoir par les Allemands, puis des Anglais. Alors, j'y suis née en avril 1947. Adrien a été le souci de la famille pendant au moins six ou sept ans.

La naissance de David et la mienne, bien sûr, ont été accueillies avec joie, mais l'ambiance familiale ne fut plus jamais la même, et les places de chacun dans la fratrie furent modifiées. Naitre dans un tel contexte, allait forcément rendre difficiles les premiers liens ; finalement, nous arrivions quand même un peu comme un cheveu sur la soupe, un peu en trop.

Mes frères aînés, Frank et Clément, habitués à la liberté de la vie à la ferme et plus globalement à la campagne, avaient six et sept ans. Ils furent envoyés en pension à Froyennes, en Belgique, chez les Frères d'abord, d'où ils ont réussi à se faire renvoyer, puis encore en pension à Armentières pour se rapprocher de chez Bon-Papa et Bonne-Maman. Ce qu'ils nous ont raconté des bêtises qu'ils faisaient nous impressionnait beaucoup.

Mon frère Frank avait toujours de bonnes idées et faisait faire les bêtises par Clément, par exemple chiper des documents dans les tiroirs des Frères et les jeter dans les toilettes... sortir par les fenêtres des WC... Cela nous semblait inimaginable !

Frank avait un caractère difficile, et arguait de son droit d'aînesse pour nous imposer de prendre les meilleures parts, ou pour faire avec nous des expériences bizarres... Encouragés par Frank, mes frères avaient trouvé amusant de faire des mélanges avec de l'alcool et je ne sais quel autre produit, d'y craquer une allumette pour voir, et bien sûr de lâcher le récipient qui devenait bouillant, et le feu de se répandre sous mon berceau ! Encore une fois mon père est arrivé à temps pour sauver le bébé des flammes. Ou bien autre idée saugrenue, j'avais trois ou quatre ans : me mettre dans un seau et me descendre du premier étage avec les cravates nouées de Papa... J'étais souvent morte de peur, mais parfois amusée aussi...

Ma sœur Marie Pierre, que nous appelions Minette, était restée à Sommer-vieu et allait à l'école dans le bourg voisin. C'était une petite fille très anxieuse et mes parents racontaient qu'en rentrant en bus de l'école, elle hurlait tout le long du parcours, craignant que le bus ne s'arrête devant chez nous ! Elle avait eu auparavant une période d'anorexie.

Quant à Timothée, c'était un petit futé, chouchou de tante Germaine, il arrivait souvent à tirer son épingle du jeu. Papa raconte qu'il l'avait surpris un soir en train de cacher un bol et une petite cuillère dans le tas de sable devant la maison pour être sûr que dans la bataille, on puisse le retrouver pour l'apporter à l'école comme le demandait la maîtresse. Ça en dit quand même un peu sur l'ordre qui régnait à la maison.

Mais c'était plein de vie, et de beaucoup de gaité malgré tout.

David, qui a pris plein pot et en direct, depuis sa conception, les angoisses de notre mère, était un enfant peureux, très dépendant de maman pour tout, je l'entends encore pleurer, « Maman je m'ennuie » quand elle nous laissait seuls. Il a beaucoup souffert des placements chez des amis ou chez nos oncles et tantes quand nos parents étaient occupés par Adrien.

David et moi étions très liés dans cette période de galères, puisque nous avions quinze mois de différence.

Sa détresse, qui était parfois la mienne, me touchait beaucoup, et j'en ai gardé l'habitude de protéger ceux qui me semblaient malheureux, une manière comme un autre de me soigner peut-être. Ou de résoudre à travers ceux des autres, les problèmes auxquels j'étais moi-même confrontée.

Nos parents pour nous soigner de bronchite ou d'angine posaient sur notre dos un cataplasme composé de moutarde, que nous devions garder un bon moment, pour que cela fût efficace. Nous appelions ça des « rigolos ». Cela avait pour effet de chauffer la cage thoracique dans le but d'éliminer les microbes peut-être, mais surtout ça nous brûlait la peau. David lors de ce traitement pleurait tellement que cela m'est arrivé de demander à subir la même chose, faute de ne pouvoir le recevoir à sa place.

Après l'élevage, Papa a été dans l'obligation de chercher un emploi plus lucratif. Il a commencé par reprendre une affaire de fours à chaux qui avait fait faillite, avec son jeune frère ingénieur et un beau frère qui, avec son épouse, ont pu s'installer dans le manoir. Malheureusement, cela n'a pas trop bien marché. Il prendra par la suite un poste de représentant de machines agricoles, salarié chez un concessionnaire de grandes marques de tracteurs.

C'était dur pour lui aussi ; il était peut-être colérique, mais aussi doté d'une immense sensibilité ; il était second d'une famille de cinq. J'aime la description que son frère aîné Georges fait de lui, lors d'un discours d'anniversaires :

Dans son homélie, à la fin du repas d'anniversaire de cinquante ans de mariage, mon père (mon grand-père donc) disait de son fils, le G 2 :

> *L'on attendait une fille, et c'est Gérard que nous vîmes... ». Il est très avancé... à six mois célèbre, il compte sans erreur ses*

boutons de bottine... Il sait tout faire... C'est vraiment le portrait d'un parfait surdoué, comme on dit aujourd'hui. Mais au fait quoi d'étonnant à ce que nos parents, bien pourvus des moyens naturels de fabriquer une fille – et la parfaite réussite de mes deux sœurs en est la preuve – et, ayant mis six ans à en faire un garçon, n'aient donné à celui-ci, à la fois les qualités viriles de force et de courage, et celles plus féminines de charme et de fantaisie... Rien d'étonnant non plus à ce que le mieux doué de la fratrie ait su le mieux extérioriser les dons artistiques de son père pour la peinture et de sa mère pour la musique.

Cette nouvelle situation a certainement contribué à en faire un écorché vif. Il a souvent parlé de son violoncelle que mes frères avaient cassé... il savait aussi nous captiver pendant les repas en racontant des histoires. Il détaillait pour nous les événements familiaux importants non seulement en en faisant le récit, mais grâce à un excellent coup de crayon ; il avait lors d'un moment de longue maladie dessiné cinq ou six saynètes de notre vie par années, depuis la date de leur mariage. Il avait décoré les murs de nos différentes salles de séjour de ces petits tableaux, qu'il avait lui-même mis sous verre, alternativement encadrés en bleu puis rouge, d'une année sur l'autre.

Mais ce qui soutenait mes parents, c'était leur amour et leur solidarité dans cette épreuve de l'accident d'Adrien et des conséquences. Je les ai vus si souvent se serrer dans les bras l'un de l'autre, j'ai ressenti qu'ils en recevaient des forces.

À l'époque des fours à chaux, en 1948, après la ferme, la famille avait déménagé à Bayeux d'où remontent mes premiers souvenirs. Mais mon frère David et moi avons passé de longs moments chez des amis de mes parents ou dans les Flandres chez notre grand-père ou les sœurs de maman qui avaient des enfants de notre âge, pendant que Maman s'occupait à faire soigner notre frère.

J'ai reconnu quelque chose de ce que nous vivions David et moi en lisant le livre de Kathleen Kelley-Laîné : *Peter Pan ou l'enfant triste,* au sujet de ces enfants qui n'ont pu être portés dans des bras suffisamment solides, je la cite : « les enfants qui tombent des berceaux, faute d'être suffisamment tenus pour donner le sentiment d'être. Elle me semble s'être glissée ici, l'injustice derrière laquelle peuvent se cacher les rancœurs ou les colères, le mal tapi décrit dans la Bible au début de notre histoire.

Notre maison de Bayeux, rue de Port-en-Bessin, était suffisamment grande pour nous contenir tous les neuf. On y entrait par une grande cour prolongée par un jardin potager. J'ai le souvenir que Minette allait y chercher les légumes dont maman avait besoin. Au printemps, il y poussait des fraises que mes frères ramassaient et surtout chipaient. Clément y était allergique et faisait de grosses crises d'urticaire qui parfois s'achevaient par de l'impétigo. Il avait droit alors à des soins que David et moi jalousions. Il nous arrivait alors, quand nous avions un petit bobo de claironner : « J'ai de l'apétigo, j'ai de l'apétigo » ! Très bon moyen de se faire remarquer. Ça ne marchait pas trop !

À côté de la chambre que je partageais avec David se trouvait la salle de bain. Et tous les jours il se passait un moment important dans cette salle de bain : les soins pour Adrien. Ce dernier avait été opéré déjà plusieurs fois et il était affublé d'une sonde, une sorte de tuyau qui partait du ventre et reliait l'estomac à la bouche. Cela lui permettait de mâcher les aliments et de les recracher dans ce tuyau, quand il n'arrivait plus à avaler normalement. Nous étions habitués à le voir s'alimenter comme ça, mais ce qui se passait dans la salle de bain était pour moi entouré de mystère.

Je n'avais pas le sentiment que maman passait autant de temps avec moi, alors que les soins pour Adrien se passaient porte fermée à clé et c'était long, très long. Je ne me formulais pas cela comme une usurpation de place, non. Mais quand même un sentiment de frustration. Nous avions naturellement moins d'importance qu'Adrien.

Plus tard, ce qui commença à me sembler injuste par contre, était la place attribuée à mes frères. Car j'ai entendu cette phrase de nombreuses fois au moment des repas : « laisse ce morceau pour ton frère, c'est un garçon, il a besoin de manger plus que toi. Les garçons ont besoin de prendre plus de forces. » Je l'ai souvent vécu comme une injustice, mais l'habitude de laisser la place était prise depuis longtemps déjà.

Il y avait aussi un grenier qui était accessible par le garage, et je me souviens que pour y grimper, il fallait escalader un sommier appuyé sur le mur. Quelle fierté fut pour moi la première escalade de ce sommier, et d'arriver dans ce lieu. Notre père nous avait à tous, interdit d'y monter, car le plancher était très mince et parsemé de trous, nous risquions de passer à travers. Je me revois, tremblante et agrippée aux aspérités de ce fameux sommier, oser lâcher la dernière barre pour attraper de justesse le bord du plancher et me hisser tant bien que mal dans cet endroit qui me semblait merveilleux, puisqu'interdit ; et parce que bien évidemment mes frères l'avaient privilégié pour s'y exercer à différentes inventions. Je les avais souvent entendus rire et chahuter, c'était trop tentant.

Ils avaient inventé la fabrication d'un charriot à roulette, ancêtre du skateboard, qui en l'essayant là-haut, provoquait de la poussière qui tombait dans la cuisine... Cela ne facilitait pas les préparations culinaires... Occasion pour Maman de hurler « Gérard », et quand Papa était là, de distribuer les raclées méritées.

Nous vivions à l'époque où l'on pensait qu'une fessée ne faisait pas de mal ; c'est probablement vrai, mais avec la colère, mon père tapait fort. Et j'avoue que ces moments me faisaient peur, ce qui explique que quand papa me prenait sur ses genoux, je n'étais pas à l'aise, je pensais, avec mes yeux d'enfant mon père méchant !

La maison était située juste en face d'un jardin botanique que nous fréquentions régulièrement, pour nous promener, et David et moi pour y jouer. Les plus grands y faisaient du vélo et il est arrivé plusieurs fois que l'un ou l'autre tombe dans le petit bassin aux poissons rouges, dont Adrien, ce qui chaque fois représentait un drame, car il fallait changer ses pansements.

Je garde aussi le souvenir de fêtes de Noël, et de l'impatience de nous réveiller pour voir ce que nos parents avaient déposé dans nos souliers rangés autour du sapin. Maman cartésienne, avait choisi de nous parler de la supercherie du père Noël. Papa et elle préparaient une crèche avec du papier kraft, ce qui représentait déjà tout un cérémonial ! Et avant d'ouvrir nos cadeaux, nous chantions un cantique pour la naissance de l'Enfant Jésus. Moment magique où l'attention portée sur les petits que nous étions me paraissait une parenthèse bénie.

Il en était de même le jour des anni-versaires : nous étions installés dans le meilleur fauteuil de la maison, et nous entendions des « chuuutt » tonitruant, afin de ne pas faire entendre les préparatifs de ce qui sera forcément merveilleux pour le récipiendaire. L'attente était chaque fois une grosse émotion. Et lorsque la lumière s'éteignait, un joyeux défilé de toute la fratrie arrivait qui chantant, qui portant un gâteau, qui portant un bouquet de fleurs, et un autre un petit ou gros paquet contenant le cadeau. Après avoir soufflé les bougies, nous étions couverts de baisers par chacun. Joie !

Mes parents très croyants tous les deux, nous nous réunissions chaque soir, et retournions nos chaises pour nous mettre à genoux et réciter toutes les prières que nous connaissions, invoquant tous nos anges gardiens respectifs, toute la famille et toute la France. Cela se terminait parfois par quelque fou rire !

Les huit anges gardiens de Frank, Clément, Marie Pierre, Adrien, Timothée, Odile, David et Anne.

Adrien a fait de longs séjours chez notre Bon-Papa médecin et nous étions souvent laissés sans les parents, sous la surveillance d'une personne de confiance. J'avais pourtant pendant ces périodes un grand sentiment d'insécurité. Cela se passait quelques fois à peu près bien, mais lorsqu'une demoiselle pas trop sûre d'elle avait la charge de cette petite troupe, c'était plus compliqué. Quelques-unes sont parties en pleurant. L'une d'entre elles avait trouvé la bonne idée, comme dans les mille et une nuits, pendant les repas du soir, de nous raconter des histoires dont la suite serait donnée le lendemain à condition que nous soyons sages. Je crois que c'est elle qui a tenu le plus longtemps. Nous sermonnions mon frère Frank le plus provoquant en général, afin d'éviter l'interruption du récit, à cause d'une invention saugrenue et forcément mal perçue par notre conteuse. J'avoue que lorsque nos parents nous laissaient, je le vivais très mal, la dictature de mon frère aîné et ses inventions bizarres nous angoissaient beaucoup.

Chapitre 5
Les placements

La famille est restée à Bayeux jusqu'en 1951. David et moi avons été scolarisés une année ou deux à l'école Jeanne d'Arc. David qui m'y avait précédé avait reçu la charge de me protéger quand nous rentrions à la maison... ça ne se passait pas toujours très bien, car fort de sa nouvelle fonction, il me surveillait si bien que je n'avais pas le droit de bavarder avec mes copines, il me poursuivait alors et me donnait quelques coups de pied. J'ai le souvenir de retours avec cris et larmes. Cela ne nous empêchait pas de jouer ensemble quand nous étions malades, tous les deux installés dans nos lits cages avec une planche sur les rebords qui nous servait de table.

David et moi étions parfois placés chez des amis, mais ce dont je me souviens le mieux sont nos passages à Roubaix chez mon grand-père.

La maison de Grand-Père, qui avait quitté sa grande maison de l'avenue Gustave Delory, était de taille moyenne, mais confortable. Veuf depuis les années 1934, il était entouré de ses deux filles célibataires encore, dont tante Nouchette qui avait repris des études d'orthoptie pour gagner son indépendance quand son père ne serait plus là. C'est elle qui s'occupait de nous.

Notre autre tante Mariette, plus jeune, avait installé au rez-de-chaussée de chez Grand-Père un jardin d'enfants. Notre grand-père, ancien notaire, avait un appareil à ronéotyper et nous nous amusions de le voir remonter de son bureau avec les cheveux bleus. Il devait sûrement batailler avec cet outil et se gratter la tête de perplexité.

Grand-Père était quelqu'un d'attentif, mais plutôt austère. J'ai le souvenir de longs moments de jeux de cartes, il m'avait appris à jouer au « pharaon », c'est le rami un peu simplifié. Ce jeu répété chaque jour m'ennuyait beaucoup, mais c'était sa façon de s'occuper de moi, de nous. Il y avait dans le salon un buffet rempli de jeux, et sur ce buffet il y avait une boite en argent pleine de bonbons, que tante Nouchette surveillait, difficile d'en chiper et de passer inaperçu !

Je dormais dans une grande chambre dont les murs recouverts de papier peint aux motifs des saynètes des toiles de Jouy me faisaient inventer des histoires avant de m'endormir. Tante Nouchette qui énumérait régulièrement tous les noms d'animaux afin que je retrouve leurs cris, terminait toujours la longue litanie par : et « que dit Anne », je répondais : « elle dit oui, tante Nouchette ».

Les matins aux aurores nous étions réveillés par les bruits du camion du laitier qui déposait à chaque porte de la rue les bidons commandés la veille, ou par les cris du colporteur : « peaux de lapin, peaux ». Il y avait au moins une ferme près de chez mon grand-père, et ça sentait encore bon la campagne.

En face de chez Grand-Père, il y avait la maison d'une sœur de maman, avec sa famille. Leur jardin était grand et il s'y trouvait au fond une cabane pleine de jeux, dont une voiture à pédales, un charriot dans lequel nous pouvions nous installer et nous faire tirer chacun notre tour par celui qui restait debout. Nous dormions parfois chez eux, et David et moi étions souvent gênés car nous avions tous les deux, ainsi que mes frères, sauf Frank et Minette, un problème d'énurésie. Déjà nous n'étions pas chez nous, mais ce problème s'ajoutait à notre désarroi. Cela ne nous empêchait quand même pas d'y passer de bons moments. Notre mère était peut-être un peu rigide, mais elle était presque toujours joyeuse, ce qu'elle nous a transmis aussi.

Toute ma famille et particulièrement la famille de ma mère était animée par une foi profonde. Maman nous racontait que sa mère, le jour du Vendredi Saint, passait et repassait la porte de l'église pour obtenir des « indulgences ». Ça n'était pas seulement de la superstition, je crois qu'il y avait une grande sincérité. Elle avait avec quelques amies, inscrit sur une colline du boulonnais un immense « Gloire à Jésus Christ » en pierres incrustées dans le sol, que l'on voyait en allant de Wimereux à Wimille. On l'a distingué jusqu'à il n'y a pas si longtemps.

J'ai le souvenir des messes où nous nous rendions tous les dimanches, et où le curé donnait des homélies que je devais trouver passionnantes, car même si je n'ai pas retenu le contenu, je me souviens de l'état de concentration attentive et joyeuse dans lequel cela me mettait. Il me paraît évident que ça me parlait. Enfin quelqu'un qui avait l'air de s'occuper de nous et de notre âme.

Nous allions moins souvent chez nos grands-parents paternels, où Adrien a fait pourtant de longs séjours. Ils habitaient une maison avec un grand patio où les chambres aux étages permettaient de voir tout ce qui se passait au rez-de-chaussée. Nous y entrions par un escalier qui nous menait d'abord dans le cabinet de Bon-Papa qui commençait toujours par nous y inviter et nous peser. Puis il nous donnait un bonbon au miel pour nous récompenser d'être là tout simplement.

Lui aussi était impressionnant, car grand, carré, avec de grosses lunettes et une moustache qu'il entretenait parfaitement, il donnait parfois en spectacle d'énormes colères. Bonne-Maman ponctuait ses discours d'un « Dis hein dis Jules ? », quand elle cherchait à se faire approuver, et que nous reprenions quand avec mes cousins nous en parlions. J'ai le souvenir d'une personne douce et gentille, mais nous n'avions pas de relation très personnelle avec elle.

Là aussi, comme chez Grand-Père, nous n'étions pas chez nous, et avions le sentiment d'être en trop, même si nous étions « chouchoutés », mais malgré tout, toujours en plus.

Adrien avait maintenant huit ou neuf ans, il était très amaigri et faible, et il risquait de nous quitter, alors pour nous préparer, mes parents avaient installé de nombreuses photos qui ornaient toutes les pièces de notre maison. Jusqu'au jour où la décision de le faire opérer a été prise. Après avoir hésité entre une opération aux États-Unis ou une opération à Lyon, par le professeur Santy, ce fut cette dernière qui fut choisie, même si c'était la deuxième fois que ce dernier la pratiquait. Depuis ce temps Adrien a l'estomac près des poumons, ce qui a régulièrement étonné tous les radiologues qu'il a rencontrés. Ma Bonne-Maman à Lourdes avait à cette intention fait apposer un ex-voto dans la grotte pour mettre Adrien et ledit professeur sous la protection de Marie. On peut encore le voir. Sa prière, et les nôtres ont été exaucées. Adrien a survécu et vit encore.

Nous étions jaloux, sans avoir vraiment conscience de la gravité de l'événement, car il avait à cette occasion été très gâté. De nombreux jouets l'entouraient encore à son retour à la maison.

Chapitre 6
Nous irons seulement la revoir. Amiens

En 1952, lorsque Papa a commencé son travail de représentant, la famille a quitté la Normandie et déménagé à Amiens, où Adrien était revenu avec entre autres un superbe mécano, que Frank, friand de ce jeu s'est très vite approprié !

La maison à Amiens était grande, mais grise et très laide extérieurement ; elle était constituée de deux étages et nous partagions ce dernier étage avec Mme Gambier et son compagnon, Monsieur Pierre, qui y avaient une sorte de petit appartement. La chambre du haut était occupée par Clément, Adrien, Timothée et un petit renfoncement était occupé par David. L'une des deux grandes chambres du premier était celle de mes parents, dans laquelle ils avaient installé mon petit lit-cage. J'y ai quand même dormi de cinq à dix ans !

Frank, qui avait quatorze ans, occupait l'autre. Nous avions l'interdiction d'y entrer sous peine de représailles dont nous ignorions le contenu, mais qui nous faisaient bien peur. Une autre forme de dictature qui ne nous aidait encore pas trop à trouver notre vraie place. Minette occupait la petite chambre du milieu, et recevait parfois la visite de Frank, ce qui donnait lieu à quelques grands cris.

C'est à Amiens que j'ai ressenti le décalage, déjà difficile pour mon père, parce qu'il vivait sa nouvelle profession de représentant comme une dégringolade dans l'échelle sociale. Nous habitions en face de l'école du Sacré-Cœur où ma mère avait tenu à nous inscrire par fidélité à leur milieu privilégié.

Ce qui semblait évident à nos parents l'était moins pour nous. Les petites ou jeunes filles scolarisées dans cet établissement évoluaient très à l'aise dans leurs jolis uniformes ou les jolies voitures dans lesquelles leurs parents venaient les chercher. J'avais souvent une jupe trop grande, héritée de ma sœur ou de cousines, qui tenait grâce à une épingle à nourrice. Il m'est arrivé d'être traitée de pouilleuse. (Âge cruel !) Il faut dire qu'en plus de la couleur grise de la façade, il arrivait qu'une bagarre ou l'autre fasse valser une potiche ou un vase à travers la fenêtre du rez-de-chaussée qui donnait sur la rue et qui était parfois ouverte. Cela faisait plutôt tache dans ce monde très civilisé ! Impossible pour moi de cacher notre différence. Cela me faisait souffrir, et sans alter ego, je ne pouvais le partager.

Adrien, qui n'avait pratiquement jamais été scolarisé, avait dû apprendre à lire en nous écoutant ânonner avec notre mère qui savait à l'occasion s'improviser institutrice. Il était accompagné bénévolement par des amies de Minette, qui fréquentaient cette même école.

Dans ce contexte, la manière de prendre ma place continuait à être difficile à trouver. Je me souviens de moments où des amis ou cousins de mes parents passaient à la maison. Cela provoquait en moi un déchaînement : je commençais à faire du bruit, ou je m'introduisais dans les conversations. Tous les moyens étaient bons pour me faire remarquer. Une manière de dire à ces proches de la famille : j'existe moi aussi.

Bien sûr cela eut des répercussions sur mon évolution scolaire. Exister en travaillant bien était à ma portée, à condition que cela ne prenne pas trop de place. Ce qui me semblait plus important était d'être aimée, chouchoutée, comme Sophie lors d'un bobo qu'elle s'était fait à la main. Sophie portait un bandage autour du pouce et fut de ce fait entourée par la maîtresse. Elle fut même exemptée de dictées.

Dès le lendemain, je portais moi aussi un bandage autour du pouce alors que je n'avais rien. La maîtresse ne fut pas dupe. J'avais aussi trouvé comment me faire remarquer, voire aimer par mes copines et mes copains : faire le clown. J'y ai longtemps excellé, ce qui me valut d'être régulièrement remise à ma place par les adultes qui s'occupaient de moi. Mais j'en ai gardé l'habitude de savoir me faire des amis.

J'ai déployé à l'époque une sorte de phobie scolaire, et pour éviter de me rendre à l'école, je faisais grimper les degrés du thermomètre. J'avais découvert qu'en le secouant à l'envers, cela faisait monter les degrés. J'avais alors le droit de rester dans mon lit où il est arrivé qu'alitée en même temps que papa, je lui fasse la lecture à haute voix des romans dans lesquels j'étais plongée. J'aimais beaucoup lire et tous les livres de la Comtesse de Ségur, ainsi que ceux de la Bibliothèque Rose me sont passés entre les mains. J'ai un souvenir ému pour « Moineau la petite libraire », d'un certain Trilby, qui raconte l'histoire d'une petite fille orpheline qui doit travailler pour faire vivre sa famille... ça me faisait beaucoup pleurer.

Et la vie continuait à être bien vivante et parfois drôle.

Mes frères servaient la messe tous les matins avant d'aller en classe, car au Sacré-Cœur, la messe était proposée quotidiennement. Cela donnait lieu à des sourires et parfois des fous rires, car à cette période, les enfants de chœur avaient de grandes robes rouges agrémentées d'un surplus en dentelle, robes trop grandes, dans lesquelles ils ne manquaient pas de se prendre les pieds et de faire de belles chutes.

Il y avait régulièrement de grandes fêtes à l'occasion des différents moments litur-giques de l'année, et j'ai le souvenir de tableaux vivants où souvent les petits que nous étions à l'époque étaient choisis pour représenter des anges. Quel supplice de rester immobiles pendant tout le temps des longues processions qui déambulaient dans tout l'établissement !

J'y ai fait ma première communion, et à cette occasion, les religieuses qui nous accompagnaient avaient proposé que nous nous rapprochions de nos parents pour leur exprimer que nous les aimions. Malheureusement, mon père, un peu trop conscient du côté artificiel, a eu un mouvement de recul lorsque je suis arrivée près de lui. Mais j'y avais mis toute ma sincérité et ce rejet a laissé longtemps une petite pierre froide dans mon âme !

Il faut dire qu'en cette période, Papa vivait une sorte de dépression, et parallèlement il souffrait d'une sciatique qui l'a maintenu à la maison pendant au moins une année.

Ma mère m'a dit bien souvent que j'étais son bâton de vieillesse. Et le soir après l'école (au lieu de faire mes devoirs) ou le jeudi (le jeudi était jour de repos scolaire à l'époque), elle m'emmenait faire les courses avec elle. J'en étais fière et j'aimais bien, car elle me tenait par la main et ce contact chaleureux était sa manière de me faire sentir son affection, dont j'étais friande.

Mais Maman passait toujours beaucoup de temps à comparer les prix, ce qui faisait durer les courses très longtemps. Car, parfois elle me laissait avec les sacs, plantée à un endroit, pour explorer les rayons sans être chargée, et parfois elle rencontrait une amie et prenait aussi le temps de bavarder.... Il m'est arrivé de croire qu'elle m'avait abandonnée et était rentrée à la maison sans moi. J'imaginais alors les pires scénarios, et lorsque j'arriverais quand même à rejoindre la maison, tout le monde serait parti. Bref, j'en ai gardé l'horreur de faire les courses et en général, ne connais pas le prix des choses, même pas le prix d'une baguette.

Cependant, je savais bien calculer quand même, puisque régulièrement envoyée chercher en dernière minute un produit ou un autre à l'épicerie située en face de chez nous et que maman avait oublié ; j'avais compté la différence entre le prix des cornichons et leur prix exceptionnel de promotion du jour, pour m'acheter quelque bonbon. Maman n'ayant pas tardé à s'en apercevoir, je fus privée de dessert pendant un bon moment.

Maman me faisait part parfois de ses inquiétudes sur le plan financier ; et il est arrivé qu'elle m'annonce ne pas pouvoir nous offrir de cadeaux de Noël. J'avais à peine huit ou neuf ans. Je trouvais cela angoissant et très triste. Alors que les fêtes chaque année étaient un moment joyeux, même si les cadeaux n'étaient pas très luxueux, la fête était toujours belle.

Je lui avais montré la poupée que j'avais repérée dans le magasin de jouets que nous croisions lors des courses. C'était une boite dans laquelle se trouvait un petit baigneur avec quelques habits bleus qui me plaisait beaucoup.

J'appréhendais cette fête où je serais de toute façon déçue, et malgré le plaisir d'avoir fait avancer mon petit mouton près de la crèche à chaque effort que j'avais pu accomplir pendant le temps de l'Avent, c'était la coutume chez nous, j'avais le cœur lourd en chantant pour fêter la naissance de Jésus, le soir de Noël !

Le temps de prière et recueillement accompli, nous nous retrouvions autour de la table pour prendre un morceau de brioche avec un bol de chocolat chaud, et quelle ne fut pas ma surprise de trouver un paquet enrubanné. Il contenait la poupée dont j'avais rêvé !

Je crois que c'est le seul cadeau dont je me souviens encore, tellement la surprise et le plaisir furent grands !

Cependant, sans pouvoir le nommer, je continuais à souffrir d'une frustration liée au manque d'attention à la petite dernière que j'étais. Bien sûr j'avais trouvé d'autres manières d'exister : faire du bruit, interrompre les conversations, faire le clown. Mais en dehors de ces manifestations, je suis longtemps restée conforme à ce qu'on attendait de moi. Alors que ces dernières manifestations me faisaient apparaitre indisciplinée, je restais obéissante aux injonctions familiales : être invisible.

Avec le recul, je comprends mieux les irruptions soudaines de manifestations agressives.

Le souvenir de mes premières colères remonte à cette époque. Toute la famille avait été invitée par un collègue de mon père. Ils avaient une petite fille de mon âge nommée Valérie. Toute l'après-midi nous avions joué à la poupée dans sa chambre, où tout était en ordre. La pièce était remplie de tous les jouets dont je rêvais : un landau, une cuisinière miniature qui faisait de vrais gâteaux... L'après-midi se passa sans débordement. Curieusement, au moment de partir, j'envoyai une bonne gifle à Valérie, ce qui suffoqua toute la famille, et me surpris moi-même. J'entendis parler de cet événement longtemps. Mais personne pour essayer de comprendre avec moi ce qui se passait. Trop de sujets plus importants à régler encore.

Nos parents avaient adopté une petite chienne que l'on appelait Trottinette. Quelle joie de s'occuper d'elle, la promener, lui donner à boire ou à manger. Et puis tous les matins Trottinette faisait une fête autour de chacun. Bien vite, ce fut Timothée qui eut la faveur de notre petite chienne, elle montait sur ses genoux, ou le suivait partout, impossible ou très difficile d'attirer son attention. Cela me rendait furieuse et la préférence de Trottinette pour Timothée se transforma à la fois en admiration et en colère contre lui. En admiration et en questionnement : « comment fait Timothée pour être choisi ? Est-il plus gentil ? En tous cas il paraît plus aimable. » Mais à force d'être chaque fois préféré, cela me mit en colère : « Quel culot ce Timothée de toujours s'accaparer l'affection des autres », et me rendait triste : « moi, on m'oublie toujours. ». Mais je ne me permettais pas de le dire.

Alors le jour où Timothée me présenta la boite de chocolats vide alors qu'il avait la bouche pleine, je saisis l'assiette qui était posée sur la table et la lui cassais sur la tête. Cela encore me surprit autant que l'entourage. L'assiette était fêlée, ce qui rendit l'impact moins important, mais quand même. J'eus droit à un petit séjour à la cave, ce qui représentait la punition suprême. Je n'avais pas peur du noir ni de la cave, mais j'étais habitée par un lourd sentiment de culpabilité et avec le recul, je regrette qu'on n'ait pas encore une fois, pris le temps d'essayer de comprendre ce qui se passait pour moi dans ces moments-là.

Je n'avais pas les mots pour dire à mes parents ou mes frères et sœurs plus grands que moi, ce que je ressentais inconsciemment comme des injustices parfois : les colères de papa, la dictature de mes frères, et en particulier celle de Frank ; et cette place difficile à trouver en liaison avec l'accident d'Adrien, puisque j'avais souvent été éloignée de chez nous. Impossible de le dire non plus, puisque les dictatures engendrent la peur qui paralyse. Et personne pour m'aider à mettre des mots sur ce que je vivais non plus. Je perçois aujourd'hui ce genre de pulsion agressive, comme une soupape de sécurité.

Dès l'enfance, l'habitude de ne rien dire, pour ne pas recevoir la colère, et puis la résilience, cette façon de supporter l'insupportable sans se plaindre. Accepter les traumatismes pour continuer d'aller bien (ou en tous cas, avoir au moins l'air d'aller bien). Habitude prise depuis la toute petite enfance.

Chapitre 7
Les vacances

En fin d'année scolaire arrivait le temps des grandes vacances. Moment d'entre deux temps, fin du printemps et début de l'été... Fin du temps scolaire, rupture du rythme rassurant des horaires imposés... Avant de nous quitter, mes amies partageaient leurs projets : Sophie partait régulièrement en Espagne avec ses cousins, Pauline rejoignait ses grands-parents à la montagne, et Brigitte allait au bord de la mer où ses parents avaient une villa. Je me réjouissais avec chacune, mais secrètement, je les enviais, sans pouvoir le leur dire.

Comme à chaque changement de saison, c'était la période des orages, et en 1956, c'était une période de tensions à la maison puisque papa était en plein changement professionnel, l'ambiance était électrique, il y avait risque de colères pour la moindre contrariété, et je les craignais. Je me vois encore dans la salle de séjour, songeuse, je regarde par la fenêtre, je m'ennuie. Tout à coup, le ciel s'assombrit et la pluie commence à tomber doucement, puis s'amplifie et vient frapper les carreaux de plus en plus violemment. On entend gronder un début d'orage. Mon cœur s'alourdit, j'ai peur de l'orage, cette colère qui vient du ciel, et qui menace sans que l'on puisse se défendre ; qui peut tomber n'importe quand et n'importe où, peut-être sur nous.

Un éclair illuminant le ciel et le fracas de la foudre me fait sursauter. L'orage soudain devenu violent réveille en moi une émotion que je ne peux contenir. Moi qui ne pleure pratiquement jamais, je sens les larmes couler sur mon visage. J'étais à la fois triste et effrayée, comme lorsque mon père se mettait en colère. Mais les larmes me font du bien, expression de ce que je n'ose jamais exprimer : la peur, l'inquiétude. Qu'allait-il se passer cet été dans cette ambiance tendue... devais-je faire semblant d'aller bien, alors que j'étais triste ? Et puis papa n'avait pas encore vu mon bulletin, allait-il se fâcher ? Me punir ou m'obliger à faire des devoirs de vacances, moments pour moi où l'ennui se faisait le plus sentir ?

Un nouvel éclat de tonnerre fait re-doubler mes larmes. Alors qu'il fait lourd, je frissonne. Heureusement que j'étais seule, car je n'aimais pas montrer mes émotions. J'avais l'impression qu'il fallait toujours montrer que j'allais bien à la maison où des événements plus importants prenaient naturellement la place : les conflits, la maladie, les soucis d'argent...

Cependant, la famille de maman se montrait tout à fait solidaire des problèmes financiers auxquels était confrontée la famille ; ce qui nous a permis de partir presque tous les ans en vacances, qui chez une cousine de maman qui avait une propriété près de Wimereux, qui dans les maisons prêtées par notre oncle Firmin.

Une année, nous avons passé tout l'été dans un presbytère, à La Rivière Enverse, près de Samoëns, dans les Alpes. J'en ai gardé un souvenir extrêmement joyeux ; j'avais un coin de prédilection, la barre qui maintenait la porte d'entrée, dont je me servais comme barre fixe pour y faire le cochon pendu. Ce qui provoqua la colère du curé, mécontent, non seulement de retrouver une barre tordue, mais aussi mécontent, d'entendre les plaintes de ses paroissiens pour les pommes (même pas mûres) chipées sur les pommiers et qui nous avaient donné des coliques ! Cependant, les randonnées dans les montagnes nous ravissaient ; nous faisions la cueillette de myrtilles et les tartes ou autres confitures nous régalaient.

Mon frère Frank, qui me faisait très peur m'emmenait parfois sur les flancs de ces montagnes qui me paraissaient très pentues, pour les cueillir. Je mettais mon point d'honneur à me montrer dégourdie et courageuse.

Lors des départs en vacances, nous vivions toujours des moments intenses : Papa sortait une grande malle en osier du grenier et, pour la remplir, Maman sortait tous nos vêtements de la grande armoire normande de leur chambre ; nos shorts, nos chemises, nos maillots de bain, les draps, les nappes, les serviettes et autres torchons. Puisque nous partions presque toujours pour deux mois, nous emportions pratiquement toute la maison. Lorsque la malle était pleine, celle-ci était bouclée, ficelée et prête à être fixée sur les barres du toit de la 4 CV de Papa qui emmènerait les bagages lourds et l'un ou l'autre d'entre nous. Le reste de la famille partirait en train sans oublier les cartes de réduction de famille nombreuse de 75 % qui faisaient chaque fois l'objet de recherches mêlées d'anxiété.

Ces départs étaient tout à fait folk-loriques : Maman qui pensait avoir assez de temps partait toujours à la dernière minute, emportant au vol quelque objet qu'il ne fallait pas oublier ; Timothée souffrant perpétuellement d'otites portait une cagoule doublée de gros morceau de coton hydrophile pour protéger ses oreilles, il était chargé des cannes à pêche. Adrien avait habilement glissé le poisson rouge dans une bouteille dont lui avait été confiée la charge. Chacun avec un petit sac ou une valise, nous courions le plus vite possible à la gare, qui heureusement n'était pas trop loin ; genre « famille Fenouillard » nous arrivions à la gare essoufflés et rouges cherchant désespérément le quai du train que nous devions prendre, sous le regard étonné du chef de gare qui nous aidait alors malgré tout.

Nous nous sommes rendus plusieurs étés en suivant à Wimille, à quelques kilo-mètres de Wimereux, chez tante Françoise, qui avait une grande propriété. Une partie de bâtiment était inoccupée et nous pouvions disposer de cet espace pour y vivre confortablement.

Mon frère David y pratiquait la pêche, car au fond de la propriété il y avait un ruisseau. Il avait été séduit par le rugby dont notre frère Clément était féru, et il essayait bien de m'y initier. J'avoue qu'après deux ou trois placages un peu brutaux, j'ai préféré continuer à jouer à la poupée.

Dernièrement, j'ai retrouvé avec plaisir l'odeur de camomille sauvage dans l'allée de notre petite maison flamande, dont la cour de la maison de tante Françoise était largement pourvue.

À l'époque, j'ai commencé à être invitée régulièrement, chez une autre cousine de Maman, tante Béatrice, qui avait une fille de mon âge. J'y ai passé de délicieux moments, en décalage toujours avec ma vraie vie, qui était, il faut le dire beaucoup plus rude pour ne pas dire sauvage. Décalage qui contribuait encore à me sentir « entre deux chaises ».

Mon arrivée à Condette dans la maison de vacances de tante Béatrice et oncle Gilles, avait commencé par la visite de leur demeure. Entrée dans la salle de bain, quelle ne fut pas ma surprise de trouver, mes trois cousins tout nus dans la baignoire ! Guillaume et Brigitte, dix et neuf ans, ainsi qu'Eloi, sept ans, qui s'éclaboussaient en riant. Cela me fit l'effet d'une grande liberté. Chez nous, il n'y avait pas de salle de bain d'abord, et puis les toilettes étaient soigneusement orchestrées afin de cacher nos nudités.

Il y avait chez eux tout ce que j'aime : des jeux, des moments de tendresse, des petits déjeuners chaleureux, avec du beurre et de la confiture sur les tartines (chez nous c'était beurre ou confiture, jamais les deux !). Et puis ils avaient une mamie, la tante de maman, qu'on appelait tante Suzanne. Elle entourait de ses grands bras ses petits-enfants et moi puisque j'étais là, contre sa poitrine généreuse et qui sentait bon. Artiste, elle nous faisait part de ses goûts, nous parlait de ses amours, nous montrait les lieux qu'elle avait traversés et qui nous semblaient tout à coup lumineux et pleins de promesses.

Il y avait dans le garage des vélos, qu'on pouvait prendre quand on voulait, on nous faisait confiance (ma mère avait toujours peur des accidents ou que nous tombions malades). Alors bien sûr, j'avais un peu abusé en allant à vélo à la messe jusqu'à Hardelot, à trois ou quatre kilomètres, sans entrainement. Mais ce n'était pas grave, Guillaume prenait le relais et je rentrais en voiture.

Et puis il y avait l'oncle Paul-Henri, le beau-frère de tante Suzanne, atteint lui aussi de ce qui me semblait être de la folie. Il lui arrivait de nous emmener dans un magasin de jouets et proclamait : « pendant deux minutes, vous pouvez choisir tout ce que vous voulez ». Alors, patins à roulettes et autres pistolets à eau tombaient dans notre panier et c'était la joie ! Ou bien, il venait chez tante Béatrice avec un gros paquet de bonbons qu'il jetait en l'air, à nous de les ramasser.

Alors forcément ce monde, leur monde qui n'était pas vraiment le mien, me tentait. J'aurais eu envie d'en être complètement, pas seulement un pied dedans de temps en temps.

Par la suite, je fus invitée chez eux régulièrement, à la mer ou à Croix où ils habitaient, ou pendant les temps de vacances et j'attendais impatiemment ces bons moments. Mais ce qui, forcément, ne m'aidait pas à prendre les forces d'une identité propre.

Au cours d'un entretien avec Catherine Monney en 1978, Romain Gary fait une comparaison avec le caméléon, je le cite :

Vous connaissez l'histoire du caméléon ?

On le met sur un tapis bleu, il devient bleu ;
On le met sur un tapis jaune, il devient jaune ;
Sur un tapis rouge, il devient rouge ;
On le met sur un tapis écossais, il devient fou.
Moi, je ne suis pas devenu fou [...]
Voilà. Je suis le caméléon qui n'a pas explosé.

Je n'ai pas explosé non plus, mais dans ce mot j'entends explosion. Une explication des explosions de colère par exemple ?

Chapitre 8
Arras et les séjours en pension

En 1956, Papa a changé d'entreprise ; il travaillait pour la marque Renault, qui lui faisait sillonner la campagne dans une mignonne 4 CV ; ce furent les tracteurs Massey-Ferguson qui nous obligèrent à emménager à Arras.

La maison de la rue Saint-Michel était toute petite, mais avec ses quatre chambres, elle nous contenait presque tous. Cette maison était aussi située près de la gare, et les locomotives à vapeur qui circulaient à l'époque inondaient de scories le linge qui séchait dans la cour. Clément, qui avait dix-huit ans, faisait des études dans la région Lilloise. Frank n'a pas tardé à travailler, il faisait du dessin industriel, et logeait à la maison, ainsi que Minette qui terminait sa formation d'Anglais, avant de travailler aux cimetières britanniques ; nous logions dans la même chambre. Quant aux trois autres, Adrien, Timothée, et David, ils occupaient la chambre au-dessus de la nôtre et ça faisait souvent beaucoup de bruit.

J'avais neuf ans et n'avais pas encore terminé le cycle scolaire du primaire. Un passage à l'école Jeanne d'Arc en septième (l'actuel CM2) n'a pas été très probant. Comme à Amiens, je n'y étais pas très à l'aise, et il m'arrivait souvent d'être malade. (Vraie ou fausse malade, il devait bien y avoir un peu des deux.)

J'avais aussi à cette période des moments de panique complète quand Maman partait le soir poster une lettre, et si j'étais couchée, j'attendais fiévreusement son retour, comptant dans ma tête les pas qu'elle devait faire. Si le temps que je lui avais imparti me semblait dépassé, je me levais et allais l'attendre derrière la porte, la boule au ventre. Elle représentait pour moi la sécurité dans ce monde plutôt insécurisant.

Un frère aîné de Maman, l'oncle Claude, en accord avec son épouse, tante Catherine, avait proposé de m'accueillir chez lui à Valence, pour soulager mes parents, et grâce à ses bons soins de m'aider à traverser cette période. J'y ai vécu une année scolaire presque complète, et en garde un bon souvenir. Leur maison, le climat, les petits soins de tante Catherine, tout était presque parfait. Mes cousines, au nombre de cinq, étaient toutes en pension à Privat et revenaient les week-ends, ainsi qu'aux vacances scolaires. La dernière, Juliette avait un an de plus que moi et m'impressionnait beaucoup, car elle était déjà en sixième, et cela me semblait être un cap à passer quasiment infranchissable.

Leur belle maison occupait le milieu d'un grand jardin dont la première partie était ombragée par de nombreux arbres, ce qui le rendait très agréable lorsqu'il faisait chaud. Il s'y trouvait aussi un petit bassin avec des poissons rouges dans lequel je suis tombée au moins deux fois.

Tante Catherine me chouchoutait, et lorsque je lui semblais un peu malade, elle me donnait des suppositoires que je jetais par-dessus le mur quand je partais à l'école. Suppositoires qu'elle n'a pas manqué de retrouver, bien sûr. Je dormais dans la grande chambre de Juliette, au 1er étage. Seule avec tante Catherine et oncle Claude, quand il était là, car sa profession de commercial le faisait souvent quitter la maison pour de longs moments, cela me changeait bien de ce que je vivais dans notre petite maison.

Notre oncle Claude collectionnait les jolis cailloux qu'il trouvait dans les montagnes avoisinantes. Ils parsemaient les allées derrière la maison et entouraient les massifs de rosiers dont il prenait grand soin. Il collectionnait aussi les assiettes anciennes de préférence cassées qu'il reconstituait. Il était en cette matière, très adroit, et les murs de la salle à manger ainsi que du salon qui en étaient tapissés avaient fière allure.

Son métier de représentant de revêtements de sol pour toute la France l'éloignait de chez lui pour de longues périodes, mais lui permettait aussi de longs temps de repos. Ce fut l'occasion de monter avec lui un spectacle assez drôle où Juliette et moi tombions dans les bras l'une de l'autre en criant « Mon fils » puisque ce devait être un épisode de retrouvailles. Il est arrivé qu'en nous retrouvant plusieurs années plus tard, nous utilisions cette formule en riant.

L'année scolaire à Valence terminée, nous sommes en 1958, j'entrais donc en sixième au Lycée d'Arras. Ma cousine Juliette avait raison, était-ce la phobie scolaire ou le manque de moyen intellectuel, j'ai trouvé cela difficile. Il faut dire que j'avais (et ai encore un peu d'ailleurs) un gros problème de concentration. Maman, qui avait conscience de mes difficultés, m'a alors proposé en fin d'année scolaire de m'inscrire en pension.

Il semble que maman se rendait compte : sa dernière fille chahutée, déplacée, bousculée par les événements, avait besoin d'évoluer dans un cadre un peu plus calme pour progresser et grandir.

Elle me présentait cela, non comme une punition, mais comme une grande chance. Elle-même y était allée, et elle me racontait tous les bons souvenirs qu'elle en avait gardés : la grande bâtisse, le parc, les tartines, le chocolat, les promenades dans la forêt. Cette pension se trouvait à Bonsecours, à la frontière belge, et correspondait bien à la description que maman m'en avait faite.

La grande bâtisse en U, composée de briques rouges agrémentées de lignes blanches en pierres, était précédée d'un jardin arboré avec un beau massif de fleurs. Une grande porte centrale donnait sur un joli salon dont les murs étaient recouverts de boiseries où étaient accrochés les tableaux d'honneur des élèves. Sur la droite se trouvait la chapelle, et à l'arrière il y avait un immense jardin composé d'une pelouse et d'un grand espace réservé aux récréations. Sur le côté se trouvait un jardin potager clôturé.

C'était un pensionnat qui, au début du siècle dernier, recevait les jeunes filles de bonne famille du Nord. Il avait déménagé en Belgique, au moment de la séparation de l'église et de l'état, près de la frontière, du côté de Valenciennes.

La directrice, dame Saint Pierre, c'est ainsi que l'on appelait les religieuses, était une petite personne aux yeux noirs, qui nous semblait à toutes assez sévère ; elle menait son petit monde à la baguette. Nous étions peu nombreuses, puisque l'établissement recevait les élèves des classes primaires, jusqu'en sixième. Mais l'ambiance était familiale et joyeuse. Nous n'occupions pas toute la maison, ce qui nous faisait fantasmer les fantômes que nous inventions hantant toutes les pièces et autres immenses greniers inoccupés.

Le démarrage fut un peu difficile, car j'étais peu habituée à la discipline en continu. Quelques glissades intempestives et interdites sur les longs parquets cirés quasi quotidiennement par la sœur responsable du ménage ont failli précipiter mon expulsion dès le début de l'année.

Mais doublant ma sixième, j'ai pu m'y inscrire presque au tableau d'honneur.

Nous dormions dans deux grands dortoirs contenant chacun une quarantaine d'alcôves en bois, fermées par un rideau, et la première chose que j'ai faite fut de regarder sous le lit :

– Coucou Florence, t'en es où ? As-tu fait ta toilette ? Rangé tes affaires ? ou toute autre question insignifiante, mais, qui nous donnait des frissons, puisqu'interdite.

Florence devint mon amie pendant toute l'année.

Pour la toilette, nous avions un broc que l'on allait remplir d'eau au robinet situé en fond de dortoir et une bassine en faïence que nous allions vider au même endroit. Occasion encore de rencontres inopinées et de fous rires. Comme nous revenions chez nous tous les quinze jours, il était proposé le samedi de prendre un bain. Ces fameux bains que l'on prenait en chemise de nuit ! Et les pensionnaires moins fortunées, dont je faisais partie, pouvaient se laver les pieds dans un bidet en face des baignoires.

Puisque ce pensionnat ne gardait les élèves que jusqu'en sixième et que la pension semblait m'avoir réussi, je fus donc admise en cinquième et jusqu'en seconde à Cambrai chez les mêmes religieuses bernardines auxquelles mes parents faisaient toute confiance. J'y ai étudié de septembre 1959 à juin 1964.

Nous rentrions chez nous tous les samedis, et Papa venait me chercher dans sa 2 CV commerciale, absolument inconfortable puisqu'à l'arrière il n'y avait pas vraiment de siège, mais seulement un rebord métallique de chaque côté sans coussin pour les fesses, et placé tellement haut qu'on ne pouvait rester assis complètement déplié. Une amie pensionnaire au même endroit occupait le siège à l'avant. Son père avait une DS, et nous conduisait une fois sur deux ; inutile de vous dire celle que mes fesses préféraient.

Mon père m'emmenait parfois faire sa tournée de présentation des machines auprès de ses clients. Cela arrivait lorsqu'il devait me conduire chez une amie ou sur le chemin de la pension. Nous n'échangions jamais beaucoup sur la route, sauf pour le nécessaire. Il arrivait cependant qu'il commente les paysages que nous traversions ou qu'il critiquât avec humour le matériel agricole des marques concurrentes que nous croisions... C'était rarement très personnel.

Mais lorsque nous arrivions dans une ferme, je le sentais immédiatement très à l'aise, comme chaussant les bottes de l'agriculteur qu'il avait été : « Bonjour Mr B, alors comment vont les affaires en ce moment ? » lançait-il d'un ton enjoué et chaleureux. S'ensuivait une longue conversation sur la famille, les enfants, sur l'état de l'exploitation, ou sur la mise en place des différentes politiques agricoles...

Bref, mon père s'intéressait à la personne qu'il rencontrait avec tact, humour et légèreté. Il savait créer un climat de confiance, ce qu'il savait faire parfois à la maison lorsqu'il organisait une journée de détente ou de vacances, mais sans rencontre un peu plus personnelle avec l'un d'entre nous. J'avais plaisir à reconnaitre ces moments qu'il pouvait nous faire vivre. La présentation du matériel qu'il avait à proposer arrivait toujours au dernier moment, et se concluait le plus souvent par une commande.

J'aimais sa façon de travailler et mon père apprécié de ses clients était très bon vendeur, puisque lors de concours organisés par les exploitants il était toujours premier. Il avait, grâce à cela, gagné de nombreux lots : un service de verres en cristal, un lot complet d'assiettes en faïence, dont nous avons encore quelques pièces. Je me souviens aussi d'une cafetière italienne qui fonctionnait de manière originale, grâce à une bougie qui chauffait l'eau d'un premier récipient en verre ; la chaleur faisait remonter l'eau dans une sorte de tulipe en verre, et en traversant le filtre à café, redescendait dans la base qui permettait de servir le café : c'était chaque fois que nous l'utilisions un joli spectacle, mais on n'a pu la garder longtemps, car très fragile la tulipe n'a pas résisté.

Ces quatre années de pension furent plutôt heureuses, car je m'étais fait plusieurs amies avec lesquelles nous faisions du sport, et refaisions le monde à notre manière. Ma scolarité n'était pas trop brillante, mais ne m'empêchait pas de passer tout juste de classe en classe, et toujours confrontée à un grand manque de concentration, ainsi qu'à un problème de discipline.

Il faut dire que les ambiances familiales souvent tendues, liées aux différentes inquiétudes, éclats de colère, ou autres bagarres entre mes frères ou ma sœur me mettaient régulièrement dans un état de grande nervosité. Il suffisait parfois d'un petit bruit pour me mettre aux aguets, appréhendant la suite qui pouvait devenir houleuse, et que ma pensée se mette à vagabonder, me distrayant forcément de ce que j'avais à faire. J'avais aussi pris l'habitude de ne retenir de mes cours ou de mes lectures que les faits importants, délaissant les détails afin d'économiser mes énergies.

Mais je ne sais pas très bien pourquoi, c'était principalement le problème de discipline qui chagrinait mon père. Il devait souffrir d'un manque de reconnaissance de ma part, car si je ne lui sautais pas dans les bras dès mon retour à la maison, il faisait la tête. Cela était multiplié par deux si en plus, j'avais un AB en discipline, ce qu'il considérait probablement comme un affront personnel, et il est arrivé qu'il reste dans sa chambre tout le week-end pour me montrer sa contrariété. Avec le recul, je ne trouve pas cela très constructif non plus pour cette jeune adolescente déjà pas très bien dans sa peau.

Il m'est arrivé à cette période de m'énerver sur notre petit chien Trottinette, autre manifestation de la colère que je n'osais extérioriser directement envers mon père que je craignais beaucoup.

Petites ou grandes contrariétés, petites gouttes qui faisaient déborder le vase, sans que je puisse le formuler autrement que par ces mouvements impulsifs non contrôlés. Comme mon père, colères aussi violentes qu'inutiles ! Je pense que la préado que j'étais ruminait sa tristesse plutôt que de s'exprimer, voire de se plaindre, étant donné qu'aucune oreille ne pouvait l'entendre, encore moins m'aider à le formuler. Je continuais de craindre les réactions agressives si je m'opposais à quoi que ce soit.

Chapitre 9
L'adolescence

En même temps, les copines d'enfance, avec qui j'avais grimpé aux arbres ou construit des cabanes, bien mieux dans leur peau, commençaient à organiser des « boums ».

Alors que la mode était aux cheveux lisses qui faisaient comme un casque autour du visage, j'avais les cheveux frisés, presque crépus. J'avais beau essayer les brushings et autres fers à lisser, rien ne parvenait à maîtriser cette tignasse, qui, au jour d'aujourd'hui, passerait inaperçue. Mon amie Brigitte était blonde et jolie, je la regardais souvent se maquiller en enviant son aisance naturelle. Ses amis et elle se retrouvaient souvent dans une pièce de leur maison réservée aux jeunes, et plusieurs d'entre eux invitaient le samedi soir pour danser.

Ces amies, constatant ma maladresse avec les garçons ou mon manque d'adaptation vestimentaire, me tournaient carrément le dos.

Elles portaient des tenues décontractées, alors que je me fabriquais des robes pas toujours réussies.

Une voisine et amie de Maman nous avait donné une vieille machine à coudre à pédales, que j'ai tout de suite investie. Avec les anciennes jupes de ma sœur Minette, je me fabriquais de nouvelles jupes ou des robes, dont je voyais surtout les défauts. Alors, cela ne m'aidait quand même pas, dans mes rencontres, à la décontraction.

J'ai le souvenir de l'une d'entre elles, en velours bleu roi, avec un plastron de tissu genre tapisserie aux motifs fleuris ; je la trouvais très jolie et elle l'était sûrement, mais en arrivant chez les amis, je me suis vite rendu compte que ce n'était pas du tout adapté. Leur chemisier fleuri sur un pantalon de couleur assorti ou un jean, donnait l'air détendu qui forcément me manquait, et cette différence, sans oublier les petits sourires ironiques ou moqueurs, me mettaient instantanément mal à l'aise, me paralysaient. Au lieu de m'amuser ou de bavarder avec chacun et chacune, je ne savais pas trop comment me comporter. Cette différence me semblait une barrière infranchissable.

Je faisais le tour de la pièce en contemplant les quelques tableaux accrochés aux murs. Ou bien je m'approchais du buffet, et si je pouvais, j'essayais de me rendre utile en apportant les plateaux emplis de mignardises aux groupes de personnes qui n'étaient pas occupées à danser. Bref, je cherchais désespérément à me donner une contenance. Cela me fit bien vite détester ce genre de retrouvailles. Même si quelquefois un cousin ou un frère de copine m'invitait à danser, je me sentais gauche, ne sachant pas s'il fallait sourire ou parler pour avoir l'air détendu, alors que je ne l'étais pas.

Mal dans ma peau, je rêvais souvent en écoutant de la musique. Par mon frère Clément, j'avais hérité d'un ancien électrophone que j'avais installé dans ma chambre, et dès que je pouvais j'investissais dans l'achat des derniers 45 tours ; Sylvie Vartan, Adamo, Johnny, Françoise Hardy, Hugues Auffray accompagnaient mes humeurs joyeuses ou parfois mélancoliques. J'aimais beaucoup écouter toutes ces chansons où finalement, j'entendais les mots qui décrivaient certaines de mes mésaventures, où je me retrouvais seule avec « mon âme en peine », et « mon cœur empli de noir. »

Ce fut à cette période que j'ai été touchée par une phrase de la chanson d'Hugues Auffray, *personne ne sait* : « Cours au champ de coton, là-bas, dis-leur qu'ils sont tous fils de roi ». Cela provoqua en moi une vive émotion. Oui, j'étais comme les autres, fille de roi, révélation d'une identité commune avec toutes et tous. Cela me réconfortait et m'aidait à tenir le coup face à cette forme d'adversité. Même avec mes drôles de robes, j'étais comme eux tous, fille de roi !

À partir de ce jour, je commençais à m'autoriser un peu plus à être moi-même, à accepter d'être différente. Cette phrase fut mon premier passage, comme un passage de la mer rouge, une première promesse d'un déploiement possible. Oui personne ne savait ce nouveau secret que j'avais, « ce poudroiement d'étoiles à l'horizon de nos désirs », comme le dit Yannick Haenel dans son livre *Le trésorier payeur*.

En juin 1964, les religieuses de Cambrai, sans me renvoyer ouvertement, ont conseillé à mes parents un changement d'école. Je pense que mes problèmes de discipline devaient y être pour quelque chose. Alors je suis retournée en pension au Sacré-Cœur à Amiens où j'avais commencé ma scolarité.

L'ambiance dans cette école que je retrouvais était bien différente, et je m'y suis fait des amies que j'ai gardées longtemps. Les élèves pensionnaires participaient pour certaines au bal des débutantes à Paris, ce qui m'impressionnait beaucoup. Elles gardaient le chignon artistique et très laqué qui avait été élaboré pour ces occasions, toute la semaine qui suivait ces soirées de rallyes parisiens. Mais on y passait aussi le bac, que j'ai raté en 1966, et repassé en 1967 à Lille au Sacré-Cœur, rue Royale.

C'était donc la période des soirées en robes longues que je détestais, toujours pour les mêmes raisons. À ces occasions, je fabriquais mes robes qui me semblaient toujours un peu ratées, et mon mal être vis-à-vis des garçons que je me sentais incapable de séduire, me laissait faire tapisserie ; moments entrecoupés heureusement par quelques danses auxquelles mes frères m'invitaient gentiment, car j'y étais le plus souvent accompagnée par Adrien et David.

Avec le recul, je m'aperçois qu'à l'époque j'étais sur le plan relationnel extrêmement passive et essayais surtout de ne pas me faire remarquer, ce qui, je le pensais, aurait sûrement révélé au grand jour mes défauts. À part les discussions avec mes copines, je n'avais pratiquement pas d'occasion de discussion avec les adultes et de me faire des opinions un peu personnelles. Bref, je suis restée longtemps enfant.

Ce que je relis à ce sujet, m'évoque la phrase de ma mère lorsqu'elle a été présentée à mon père : « Il ne me fera pas danser ! ». Une répétition ?

En effet, ma mère ne m'était pas d'une grande aide, elle-même peu coquette, et toujours préoccupée par le prix des choses, nous avait aussi transmis son mal-être, son manque d'assurance, même s'il y avait en elle une grande force. Il est vrai qu'elle gardait au fil des ans une allure de jeune femme et qu'elle n'avait pas besoin de maquillage. Pour arrondir ses fins de mois, maman s'était lancée dans la vente à domicile de produits de beauté Avon, qu'elle-même n'utilisait jamais. La plupart de ses clientes admiraient sa jolie peau, ce qui était forcément une bonne publicité. Elle avait les cheveux raides et portait avec élégance un éternel chignon, ce qui lui évitait les séances chez le coiffeur.

Ma sœur Minette, de sept ans mon aînée, était elle-même aux prises avec des difficultés, passant beaucoup de temps à reprocher à notre mère de l'avoir mise au monde. Elle finira par quitter la maison avec son compagnon Claude, lui-même handicapé, ayant été atteint par un éclat d'obus dans la tête lors de la guerre d'Algérie. Après avoir travaillé aux cimetières anglais, elle avait occupé un poste de secrétaire dans une agence de voyages, puis après sa rencontre avec Claude, n'a plus jamais vraiment travaillé, ayant obtenu des dommages de guerre liés à la présence de notre famille à côté des plages du débarquement. J'avais, petite fille beaucoup d'admiration pour elle, mais les querelles avec mes frères et ses revendications permanentes vis-à-vis de mes parents et de la famille n'ont pas permis que s'établissent entre nous de vrais liens.

Mes deux frères aînés, Frank et Clément, avaient aussi fait leur service militaire en Algérie. Nous les portions régulièrement dans nos prières du soir, et leurs lettres étaient attendues impatiemment par nos parents.

À son retour Frank s'était lancé dans la compétition cycliste, et toute la famille l'accompagnait dans les villages où avaient lieu les courses, pour l'encourager. Il installait parfois son vélo dans la salle de séjour pour faire des réglages afin de trouver la meilleure position, et nous demandait à mes frères, moi-même ou maman de nous y installer pour vérifier ou ajuster. C'était très envahissant, mais quand même drôle. Malheureusement le cyclisme faisait partie des sports populaires qui n'étaient jamais évoqués dans les conversations avec mes copines de classe. Leurs frères pratiquaient plutôt le tennis, le hockey sur gazon, l'équitation, parfois le foot ou le rugby... Encore un élément me renvoyant une différence que je n'assumais pas trop bien.

Frank s'est marié en 1965 et Clément en 1973.

Chapitre 10
Étudiante à Paris

En septembre 1967, bac en poche, j'étais attirée par une activité tournée vers les autres et petite-fille de médecin, la médecine me tentait. Mais consciente de ma difficulté à me concentrer longtemps, le métier d'orthophoniste me semblait un bon compromis. Je me suis donc inscrite en fac de médecine, à Paris pour obtenir le diplôme de capacité en orthophonie. J'ai passé quatre ans à Paris (au lieu de trois !).

Il m'était arrivé de faire quelques passages à Paris, mais devoir y vivre comme étudiante m'impressionnait. La veille de mon départ, nous avions énuméré au cours d'un repas les noms des nombreux cousins qui habitaient la capitale, et un certain Emmanuel May fut évoqué.

Après m'être installée dans la chambre de bonne qu'une de mes cousines avait mise à ma disposition, j'arrivais dans un des deux grands amphithéâtres de la fac de médecine à la Pitié Salpêtrière, où allaient se passer pratiquement tous nos cours. Nous y étions au moins quatre cents personnes, principalement des femmes, dont la moitié se trouvait dans l'amphi qui m'avait été indiqué.

Je me suis assise à côté d'une certaine Pascale May. Entendant ce nom, je n'en croyais pas mes oreilles et lui fis part de cet Emmanuel que nous avions cité chez moi la veille. Ses parents interrogés le soir même, il se trouve qu'elle était sa petite fille. Heureux hasard qui me permit de passer grâce à elle des moments d'amitié tout à fait réconfortants, tout au long de ces quatre années d'études parisiennes. J'étais souvent invitée chez elle ou invitée pendant les vacances à la montagne et à la campagne où ses grands-parents avaient une propriété.

À la « Manutière » ainsi nommé par-ce que propriété de son grand-pere Emmanuel, dans le village d'Avezé, nous nous retrouvions avec tous ses cousins, et l'ambiance était familiale et joyeuse. Il y avait toutes les activités sportives possibles puisque cette propriété était l'emplacement d'une ancienne colonie de vacances. J'ai le souvenir des grandes tablées suivies de longues vaisselles où nous chantions à tue-tête ou bien nous lancions dans de grandes discussions forcément passionnées et passionnantes... Nous y avons, Pascale et moi, passé les semaines qui précédaient nos examens et je nous vois encore en maillot de bain au bord de la piscine, plongées dans nos polys pour joindre l'utile : nos révisions, à l'agréable : préparer notre bronzage de l'été.

Pascale, ancienne membre du scoutisme organisait tous les ans des séjours aux sports d'hiver. Au début de la saison, notre premier séjour se passa en Suisse où les responsables de la station demandèrent à notre équipe composée d'une petite dizaine de personnes, de les aider à tasser la neige sur une ou deux pistes, moyennant la gratuité des quelques jours de forfait. Les dameuses, apparues dans les années 60, n'étaient pas aussi nombreuses qu'aujourd'hui, et les forces de notre jeunesse utilisées à cette occasion nous permirent de passer de bons moments de rigolade. Remonter ou descendre, skis perpendiculaires à la pente, dans la poudreuse n'était pas une mince affaire. Les nombreuses chutes nous obligeaient à nous débattre avec la neige qui nous recouvrait parfois jusqu'au cou. Les skis, dont les fixations à câbles avec levier à l'avant de la chaussure, sautaient régulièrement et nous obligeaient à nous entraider pour raccrocher et retendre les courroies. Nous volions au secours les uns des autres, ce qui donnait lieu à des chutes collectives parfois, et nous faisait bien rire.

Ces délicieux moments passés avec Pascale, comme lorsque j'étais plus jeune, chez tante Béatrice et oncle Gilles, étaient en décalage avec ce que je vivais dans ma famille, mais je les ai vécus comme une grande chance, puisque la vitalité et la confiance en la vie de Pascale comme celle de Brigitte me réconfortaient, me rassuraient. Leur bon équilibre me servait de référence. Je me disais que si la vie ne les inquiétait pas, je ne devais pas m'inquiéter non plus. Or j'étais ces années-là tout à fait mal dans ma peau.

Notre première année de vie étudiante fut marquée par les manifestations de Mai-68, que j'ai vécues calfeutrée dans ma chambre de bonne, rue de Castiglione, un des quartiers les plus huppés de Paris dans le 1er arrondissement, entre la place

Vendôme et le Jardin des Tuileries. Je ne m'aventurais pas dans le Quartier latin où ça chauffait, entre les barricades et les amphis où les étudiants se lançaient dans de grands discours sur la liberté d'expression et autres libérations, notamment sexuelles, auxquelles je ne me sentais pas du tout prête.

La sexualité dans ma famille était un sujet complètement tabou. Comme la plupart de mes contemporains, je crois, il n'avait jamais été donné de réponses à nos questions concernant la venue des bébés. Et plus tard, mon père semblait complètement fermé en ce qui concerne nos fréquentations. Il est arrivé, par exemple, qu'il accueille ma future belle-sœur Niky qui rentrait un peu tard d'une soirée de cinéma avec mon frère Frank, en la traitant de « pute » !

Pour compléter les maigres revenus que mes parents m'allouaient tous les mois, je donnais les bains aux enfants d'une famille de quatre : un garçon Alban, cinq ans, et trois filles, Géraldine, trois ans, Myriam, dix-huit mois et Raphaëlle, la dernière avait trois ou quatre mois. Il ne m'a pas été facile de m'occuper de ces enfants. Avant de leur donner le bain, j'allais souvent promener les trois aînés au Champ de Mars, près de leur appartement. J'y allais toujours avec des pieds de plomb, n'étant pas particulièrement préparée à m'occuper de petits enfants puisque j'étais la dernière de la fratrie. Mais consciente que si ce n'était pas drôle pour moi, ça devait l'être encore moins pour eux. Alors, il y a eu un moment de bascule, dans la rue en rentrant de la promenade, je leur ai adressé la parole en souriant, je me suis intéressée à ce qu'ils racontaient, j'avais décidé de les aimer, et tout s'est beaucoup mieux passé.

C'était un moment joyeux où les trois aînés ensemble dans la même baignoire s'en donnaient à cœur joie au milieu des éclaboussures et de cris. Puis venait le tour de Raphaëlle, la dernière, qui dès qu'elle était dans l'eau, et malgré mes gestes un peu maladroits me gratifiait de mille gazouillis et sourires.

J'avais découvert que la relation avec Raphaëlle qui était toujours contente quand on s'occupait d'elle me regonflait le moral, si je l'avais perdu, ce qui m'arrivait quand même assez souvent. Leur adresse m'avait été donnée par une amie que j'avais connue à Amiens, Marie Joëlle, que je retrouvais aussi régulièrement.

Et puis, finalement c'était une bonne idée de devoir gagner ma vie, cela m'obligeait à lutter pour survivre, et je pense que si ma vie avait été facilitée financièrement, je me serais probablement laissé aller.

Je rentrais régulièrement chez mes parents, où l'atmosphère continuait à être lourde des soucis des uns ou des autres. J'aime cette réflexion d'Anne Pauly dans son livre, *Avant que j'oublie* : « Cette famille qui avait toujours des drames plus urgents à régler que de savoir comment j'allais ».

Il s'en est suivi l'habitude pour moi d'être sensible aux difficultés des autres puisqu'il était toujours plus important de s'occuper d'Adrien ou des frasques de Frank ou des états d'âme de Minette, ou... que de moi.

En 1969, Frank et Nicky, qui habitaient Arras à l'époque, ont eu leur premier fils, Augustin, qui présenta à la naissance une méningite due à une infection nosocomiale. Cela provoqua à juste titre, un climat d'inquiétude dans la famille, et je vivais moi-même cet événement avec une grande tristesse. J'ai à cette occasion pratiqué une neuvaine Eucharistique dans la paroisse Notre-Dame de l'Assomption, près de ma chambre, où je déversais toutes les larmes de mon cœur, ce qui ne m'arrivait pratiquement jamais. J'en ai reçu pour moi-même une grande paix intérieure, et par la suite, Augustin après avoir subi une grosse intervention chirurgicale, put vivre normalement. Il m'est arrivé de lui dire que c'était grâce à mes prières qu'il était là et en bonne forme.

J'avais reçu de mes parents cette habitude de prier. J'étais impressionnée par la foi de ma mère et par son attitude lors des Eucharisties qui me touchait tant elle me semblait sincère. Il m'arrivait souvent d'avoir recours à ces moments hors du temps, où ce qui me semblait impossible dans ma vie allait pouvoir trouver une solution. Par exemple, lorsque j'étais en pension, j'avais entrepris de me lever plus tôt que les autres pour assister à la messe avec les religieuses, et j'en avais trouvé une paix intérieure, ce qui avec le recul, pouvait peut-être aussi se mélanger avec la fatigue, liée au temps de sommeil en moins ?

Sur le plan des études, ce n'était pas trop la gloire, mais il faut dire que ma petite chambre du septième étage, sans trop de chauffage, et mes fins de mois difficiles ne facilitaient pas ma concentration ni mon intérêt pour les sujets abordés pendant les cours. Avec mon amie Pascale, nous arpentions Paris à pied et très gourmandes toutes les deux de flans pâtissiers, nous nous arrêtions régulièrement pour en déguster, tant pis pour les hanches de Pascale ou pour mon porte-monnaie !

Après Mai-68 où l'année universitaire a été validée pratiquement sans examen, j'ai doublé la seconde année, et passé le mémoire de troisième année avec Pascale qui s'était mariée en 70 et attendait son premier bébé.

Je pense que ces quatre années passées à Paris, tout en ayant la grande chance de les vivre avec d'autres, je les ai vécues en regardant les autres vivre. Mon mal-être ne me permettait pas de me déplier, ou de me déployer. Ce sentiment de ne pas exister, d'être toujours en plus ne m'avait pas encore complètement quittée. Lors des rencontres, je mettais surtout mon énergie à m'adapter aux personnes avec lesquelles j'étais, et j'étais principalement une suiveuse. Cela provoquait parfois en moi des angoisses qui se manifestaient par des moments de paralysie, ou de longs temps de lecture de bd, allongée sur mon lit au lieu de travailler.

Je me vois encore, arpentant les rues du Quartier latin avec mon petit manteau bleu et mes jolis gants de cuir, tout à fait comme il faut, ce que je tenais beaucoup à donner à voir. Mais j'étais rongée intérieurement par ce qui me semblait être le vide en moi, face à la vitalité des personnes croisées qui avaient l'air de savoir où elles allaient. Ce n'était pas faute d'avoir envie de me sentir vivante, mais à côté des personnes passionnées et énergiques, je me sentais gourde et paresseuse.

Il m'arrivait aussi de me gaver de chocolat ou de petits biscuits, ce qui ne m'empêchait pas de rester maigre. J'ai le souvenir de mes efforts pour rester souriante quoiqu'il arrive, et j'en ai gardé l'habitude de minimiser mes problèmes, de ne pas les exprimer. « Haut les cœurs », ai-je souvent entendu dans ma famille ! Cela m'a sûrement aidée à tenir, mais les difficultés n'étaient pas résolues pour autant.

Avec le recul, je m'aperçois que la peur de m'opposer à mes parents ou mes frères par crainte de leurs réactions a empêché que je vive une véritable crise d'adolescence. Période qui permet de trouver sa place, passage de l'enfance à la vie adulte. Au lieu de cela je suis restée longtemps emmurée, sujette aux pulsions difficiles à contrôler. Façon d'exprimer cette injustice liée au fait de ne pas avoir acquis le sentiment d'être.

Chapitre 11
Démarrages

En 1971, diplôme de capacité d'orthophonie en poche, je venais commencer ma vie professionnelle à Lille pour me rapprocher de ma famille.

La sœur de Maman, tante Nouchette, céli-bataire, habitait un appartement à Marcq-en-Barœul, près de Lille ; elle m'accueillit chez elle les deux premières années.

Sans vraiment quitter ma famille, une façon de m'en éloigner. Longue étape et apprentissage de la liberté... essayer de vivre une vie normale... être indépendante... réussir ma vie professionnelle et affective... et peut-être trouver l'âme sœur ?

Ma vie professionnelle démarrait ; je m'étais adressée à une amie de mes parents, Mlle Donnal, qui était directrice d'un établissement qui accueillait des enfants en difficulté d'adaptation. Le courant était passé, elle m'y embaucha à mi-temps.

Cet établissement était largement orienté vers la psychanalyse, et moi-même ayant été confrontée à des situations familiales difficiles, je m'y suis assez vite sentie à l'aise, et reconnue comme une personne potentiellement compétente. Mais peu solide et peu construite intérieurement, cela n'a pas pu durer.

Le médecin psychiatre m'avait proposé de travailler avec lui auprès de groupes d'une dizaine d'enfants, dans une cave. La pénombre, la musique informelle, l'interdiction de parler étaient censées réveiller des angoisses archaïques, dans le but de pouvoir les revivre et de les prendre en charge par un contact corporel thérapeutique. L'idée était séduisante, et j'ai accepté, mais moi-même ayant été peu câlinée, ça me mettait surtout très mal à l'aise ; pas assez mûre, pas assez formée, car les prises en charge relevaient toutes de psychothérapie, plutôt que d'orthophonie.

Il m'est arrivé d'accompagner ces enfants en classe verte, et j'ai eu l'occasion de prendre conscience de mon inaptitude à les accompagner dans les détails de la vie quotidienne : la propreté, les câlins, la discipline... Une grosse colère vis-à-vis d'une collègue qui prenait toujours toute la place aux réunions de synthèse a aussi éclaté, comme presque toujours, irruption pulsionnelle violente. Il y avait sûrement de bonnes raisons d'être contrariée, mais la réaction était disproportionnée.

En effet, aux premières réunions de synthèse, j'étais très intimidée et me contentais d'écouter les situations présentées par les collègues. Blandine, justement avec qui j'étais régulièrement en rivalité, prenait chaque fois la parole et ne la lâchait plus.

Je ne pouvais m'empêcher de penser : Ah, encore celle-là ! Quelle plaie ! Elle a toujours le chic pour prendre la première la place et toute la place ! Quel manque de délicatesse pour une personne censée faire attention aux autres !

Je minimisais les situations pourtant difficiles qu'elle présentait, alors que la synthèse était faite pour ça. Mais mon besoin de reconnaissance était le plus fort, et ma timidité me semblait empêcher cette reconnaissance. Pourtant mon travail était apprécié, mais trop tard, la colère avait éclaté.

J'y suis restée quatre ans.

J'ai pu cheminer parallèlement dans un centre, un CMPP (centre médico-psychopédagogique) qui recevait des enfants en cure ambulatoire, où les situations plus classiques ont permis une adaptation progressive mieux réussie. Je m'y suis orientée petit à petit comme « thérapeute du langage », ce qui permet d'accueillir les enfants d'une façon plus globale, pas seulement porteur d'un symptôme.

Mon premier investissement financier fut l'achat d'une voiture ; j'avais obtenu mon permis, en trois fois, mais quand même. Je fis l'acquisition d'une 4 L rouge immatriculée 62, ce qui fit bien rire mes copains lillois lorsque j'y collais un autocollant « Ch'ti », et la rivalité entre les 59 et 62 donnait bien évidemment l'avantage aux 59. Toujours fidèle à me trouver entre deux chaises.

Mes débuts furent contrariés par trois accidents, le premier, en fonçant dans le montant du porche de chez une amie avec la voiture de Timothée, virage négocié sans freiner. Le second toujours par manque de freinage m'a fait emboutir l'arrière d'un camion, et le troisième sur le grand boulevard entre Lille et Roubaix en traversant l'allée latérale.

À la même époque, mes parents avaient passé un petit séjour en chambre d'hôte à Cassel, dans les Flandres, chez une demoiselle assez âgée. Tous les deux, amoureux de cette région, ont proposé à Mademoiselle Courdent d'acheter sa maison en viager. Cette dernière, trop contente d'arrondir ses fins de mois et d'accueillir notre famille dans une partie de la maison, accepta. Nous y allions les week-ends, et parfois quelques jours pendant les vacances. Mlle Courdent préparait pour notre arrivée, des petits goûters à la confiture de groseilles cueillies dans son jardin, et elle était ravie de faire des courses avec Adrien, qui, pas encore marié l'emmenait dans sa voiture. Nous étions devenus sa famille, les vagues neveux qu'elle avait l'ayant quasiment abandonnée.

C'était une personne menue, plutôt maigre, coiffée d'un chignon au-dessus de la tête, des petites lunettes rondes, toujours bien propre dans ses robes à petites fleurs. Très pieuse, elle participait à toutes les messes de funérailles de la paroisse. Elle décéda trois ans après notre arrivée, faisant mes parents légataires universels. J'ai encore quelques verres anciens qui viennent de cette maison.

Papa ayant pris sa retraite en 1972, ils quittèrent Arras pour s'y installer.

La maison était grande, et pleine de charme. Elle était située rue de Bergues (côté nord du mont Cassel) avec un petit jardin en pente où les toilettes se trouvaient installées dans des dépendances en ruine. Quelques travaux d'aménagement ont été nécessaires.

Les dépendances abattues ont permis d'installer un jardin à trois étages : d'abord une petite cour, puis quelques marches permettaient d'accéder à une terrasse faite à partir des gravats des murs des dépendances ; et encore quelques marches et nous arrivions dans un petit jardinet où les groseilliers et framboisiers avaient été replantés.

Dans la maison, des toilettes avaient été installées au rez-de-chaussée et à l'étage dans deux petites salles de bain. Côté rue, la maison comportait deux fenêtres qui encadraient la porte d'entrée : à droite la salle à manger cuisine qu'avaient installée mes parents quand ils venaient, ont permis par la suite d'accueillir des amis ou des cousins venus passer des week-ends ou des petites vacances. À gauche la salle de séjour était prolongée par une grande cuisine où trônait une magnifique cheminée en bois tapissée de carreaux de faïence avec des petits motifs flamands. Un feu à charbon ancien sur lequel trônait une bouilloire chauffait tout le rez-de-chaussée, complété par la suite par un feu dans la salle de séjour. C'était un vrai musée des traditions flamandes !

À l'étage, quatre grandes chambres per-mettaient d'y loger nombreux quand la famille se réunissait. Il y faisait cependant bien froid l'hiver, puisque le haut de la maison n'était pas chauffé.

Mon frère Timothée, qui s'était marié en 1967, y venait avec Edith, son épouse et donnait un coup de main pour les travaux d'aménagement. Adrien était resté à Arras où il travaillait chez un concessionnaire de machines à écrire italiennes, et toutes les secrétaires de la ville le connaissaient ; lui se maria en 1976.

David, qui avait terminé ses études d'horticulture, s'était lancé dans la création et entretien de parcs et jardins et logeait comme moi, chez tante Nouchette, à Marcq-en-Barœul.

J'ai toujours ressenti une grande proximité avec David, mon frère de galère, même si cela ne lui a pas semblé réciproque. J'avais tout au long des années trouvé ou reçu des solutions aux moments difficiles que je traversais et finalement eu beaucoup de chance. J'ai eu depuis toujours à cœur de partager avec lui les bons moments qui m'étaient offerts. Avec mon amie Pascale May nous l'avions invité à partager nos vacances à la neige et grâce à cela David fit ses premières expériences à ski. Ce furent des vacances mémorables, car il m'était donné d'accompagner ses nombreuses chutes avec patience. Heureusement il sait maintenant skier, puisque nous avons eu l'occasion d'y retourner jusqu'à il n'y a pas si longtemps.

Nous avons David et moi été accueillis dans le Nord, par nos nombreux cousins et nous sommes fait par leur intermédiaire beaucoup d'amis. Plusieurs se souviendront des grandes balades, fêtes, cueillettes de mûres, et autres confections de confitures à Cassel, qui ne manque pas de jolis coins et de fêtes folkloriques.

J'aimais assister aux défilés des enfants avec leurs lanternes fabriquées avec les betteraves, le jour de la fête de Saint-Martin, et puis le lundi de Pâques, le carnaval, avec réveil à quatre heures du matin par les tambours et crécelles, particulièrement appuyé en face des maisons des nouveaux habitants ou des personnes importantes. Les carnavaleux sonnaient à toutes les portes, masqués et habillés de noir pour obtenir un coup à boire. Et puis dans l'après-midi sortaient les géants « Reuze-papa » et « Reuze-maman » accompagnés dans le village par tous les habitants, jusqu'au soir où autour des feux de Bengale des rondes s'organisaient pour le retour des géants dans leur foyer. J'aime leurs pas de danse qui accompagnent encore la chanson des géants de Cassel.

À Marcq-en-Barœul, notre tante qui considérait tous ses neveux comme ses enfants, organisait tous les mardis un petit repas de cousins. C'était chaque fois joyeux et chaleureux.

Parallèlement, nos cousins du côté paternel organisaient régulièrement des fêtes, ce qui nous a donné l'occasion de nombreuses rencontres et autres week-ends amicaux.

Je me souviens en particulier de nombreux séjours au Touquet chez Philippe dont les parents possédaient une grande villa ; il nous fit partager son amour de l'équitation.

Avec Françoise, pour nous entrainer pendant l'année, nous nous sommes alors inscrites aux reprises d'équitation qui avaient lieu à la caserne St Ruth, au 43e régiment d'infanterie à Lille. J'y fis des chutes mémorables, sous le regard impassible, exigeant et très militaire du moniteur, ce qui me découragea. Françoise persista et put accompagner le groupe d'amis en Irlande, certains en randonnée équestre, et quelques autres en randonnée en roulotte. Philippe et Françoise se marièrent quelque temps après.

J'avais de nombreux amis, mais pas de petit ami. Je m'étais pourtant rapprochée de Thierry. Il était fils unique et plutôt sûr de lui, je pense alors qu'il était difficile de me comprendre. Ma passivité et dépendance affective n'ont pas permis que nous nous engagions. Ça me fit beaucoup souffrir.

Ça ne marchait pas comme je voulais, et j'y vois l'explication de mes sautes d'humeur, voire des colères, dans mes relations professionnelles.

Je n'y ai pas été toujours bien perçue par tous.

J'ai gardé longtemps une attitude pour le moins immature. J'avais par exemple commencé lors d'un pot de rentrée par sauter tout habillée dans la piscine. Cela se passait dans un hôtel très chic où tout le personnel du centre était convié, et chacun sur son trente-et-un dégustait délicatement les petits fours et autres coupes de champagne, quand tout à coup, le bruit du plongeon que je fis dans l'eau créa d'abord un moment de stupeur, puis des airs un peu outrés qui manifestaient la désapprobation.

Ou dans le premier centre, lors de la journée de préparation de la rentrée avec les éducateurs, arriver pieds nus parce que je revenais tout juste de vacances ! ... je n'avais pas vraiment eu beaucoup de temps pour me changer, et le cœur encore un peu en vacances, je trouvais cela drôle, puisque nous ne recevions pas encore d'enfants ce jour-là.

Il y avait parmi mes collègues des personnes très classiques et offensées par mon attitude, et d'autres au contraire qui souriaient et cherchaient à m'aider en me faisant confiance.

Le CMPP fonctionnait par antennes et les membres de celle où je travaillais s'étaient choisis autour d'un psychanalyste, une psychologue, une psychomotricienne, et une autre orthophoniste. Le groupe se retrouvait chaque semaine en synthèse pour échanger au sujet des nouveaux cas de patients ou pour parler des enfants qui posaient problème. La dynamique de groupe fonctionnait bien et a permis à chacun de trouver sa place, même si j'y ai vécu aussi des rivalités.

Forte de ma formation de thérapeute du langage et de l'expérience vécue dans le premier centre, nous avions mis en place des prises en charge d'enfants en groupe, que nous avons animées, chaque fois deux par deux ; les regards croisés de l'orthophoniste avec une personne psychomotricienne, ou psychologue, ou une autre orthophoniste ont permis à plusieurs enfants de dépasser leurs problèmes.

Le pari était que les enfants en difficulté avec la loi des adultes, ce qui bloquait leur progression, puissent entre eux accepter les règles mises en place par le groupe, et au final des règles tout court. Ce pari a souvent été bénéfique.

Mon travail me plaisait.

Chapitre 12
Les amis

Après le séjour chez tante Nouchette, je m'étais installée à Lille rue du Buisson en colocation avec successivement trois amies ; d'abord Géraldine une collègue, puis avec Charlotte rencontrée lors d'une randonnée dans les Pyrénées, et après son départ avec sa sœur Sylvie.

Cette nouvelle vie me permettait de prendre du recul, enfin vivre en dehors des tensions familiales, un peu de repos.

Je faisais beaucoup de sport : le volley, la randonnée, et l'été quand je n'étais pas invitée à des week-ends ou petits séjours à la mer, je participais à des camps de montagne avec le CIHM (chalet de haute montagne) dans un petit village perché dans les hauteurs de la vallée du Vénéon, en Oisans.

Il fallait pour accéder à Lanchatra emprunter un petit sentier escarpé qui grimpait en lacets jusqu'au village, et monter nos bagages ainsi que les provisions et les bouteilles de gaz. Cela nous donnait l'occasion d'admirer les muscles de ceux qui se chargeaient le plus. Certains avaient même organisé des concours de vitesse, ce qui m'impressionnait pas mal.

Le village avait été abandonné, et racheté en partie par l'association, sans électricité. L'eau provenait du torrent situé une cinquantaine de mètres plus loin. Elle était amenée par un long tuyau qui terminait sa course dans l'abreuvoir, sur la petite place du village. Cette eau nous donnait des coliques car très froide et peu minéralisée. Nous dormions dans des dortoirs avec les lérots, et nous éclairions à la bougie. Les repas se prenaient sur la place du village qui faisait office de salle à manger, et chacun mettait la main à la pâte pour décorer, préparer de bons petits plats, jouer de la guitare ou chanter.

Nous partions en refuge deux nuits, accompagnés par un guide, qui nous emmenait faire des ascensions, le Râteau, la Dibona, les Bœufs Rouges, les Rouies, la Meije, et autres sommets, et revenions pour un repos bien mérité à Lanchatra pour deux ou trois jours.

Je garde des souvenirs merveilleux de ces moments : les paysages de montagne, l'ambiance, les amitiés. Beaucoup de nos amis ont trouvé l'âme sœur au cours de ces séjours, et ça me faisait bien envie aussi ! Mais l'immaturité et ma réserve m'empêchaient d'y accéder. Toujours cette impression que ce n'était pas pour moi, et le décalage de situation était toujours présent : j'avais honte de ma famille et peur de la rencontre avec mes amis. Mon frère Frank, très admiratif des muscles et de la force de notre père, pour vérifier la hiérarchie des valeurs entre lui et les autres, mettait souvent en avant sa propre force et j'avais peur qu'il ait envie de le prouver en provoquant la bagarre, pour voir... Toujours en moi les deux personnes, une qui s'adapte et l'autre réelle, bref, je vivais comme une étrangère dans le monde que je côtoyais, qui me semblait toujours plus civilisé que celui de ma famille.

Je m'étais pourtant rapprochée de certains, mais comme chaque fois, soit ma timidité, soit nos difficultés respectives ne permettaient pas d'aller plus loin. Alors, j'ai eu souvent le cœur en bandoulière.

Géraldine avec qui je cohabitais, férue de sport nautique, me fit découvrir la joie de la navigation à voile. Nous fîmes le tour de la Corse avec un skipper, et j'eus l'occasion de le refaire quelques années plus tard avec des amis. Heureusement la Méditerranée quand elle n'est pas déchaînée, ce qui empêche de sortir, est une mer assez calme, et mon pied, finalement très peu marin a pu apprécier ces magnifiques paysages et les odeurs de la Corse qui flottent au-dessus de la mer grâce aux petites brises : c'est véritablement enchanteur.

Nous sommes vers la fin des années 70, début 80, Charlotte succéda à Géraldine, rue du Buisson. J'avais rencontré Charlotte au cours d'une randonnée dans les Pyrénées. Nous étions sept personnes et marchions sur les sentiers, portant sur notre dos les tentes, les ustensiles de cuisine, la nourriture pour quelques jours, nos vêtements, et nos affaires personnelles.

Dès la première nuit, nous nous sommes retrouvées, Charlotte et moi sous la même tente. J'étais fatiguée, mal aux pieds, et ne rêvais que d'une chose, dormir. J'enviais Charlotte qui, malgré la journée de marche, était encore pimpante. Son envie de parler et sa légèreté ont été communicatives et nous avons échangé un long moment.

Elle parlait avec enthousiasme de son projet d'enseignante. Elle paraissait très sûre d'elle et son dynamisme réchauffait le mien. En vidant notre sac pour sortir notre matériel de couchage, nous nous sommes réjouies de voir apparaitre chacune, la flûte à bec que nous avions emportée. Après une bonne nuit réparatrice, en sortant de notre tente, nous avons réveillé toute la petite troupe en laissant nos flûtes s'accorder sur des airs toniques et joyeux.

La joie communicative de Charlotte a créé des liens d'amitié forts entre nous qui durent jusqu'à ce jour. Charlotte avait un amoureux à Lille et vint loger chez moi, avant de se décider à épouser Bernard. L'amitié de leur couple m'a été d'un grand secours, ils étaient et sont encore comme frère et sœur pour moi.

Charlotte dans notre logement mit toute la gaité et le dynamisme dont je manquais parfois. Les murs prirent des couleurs chatoyantes, comme à certains moments les couleurs de mon âme.

L'appartement s'est empli de notes de musique, le matin dès le réveil par les mélodies chantées ou l'achat d'un piano. Et puis quelques pas de danse et autres jetés en l'air de jambe ont imprimé dans ces lieux une ambiance chaleureuse et accueillante. Charlotte dansait, chantait, dessinait, tout cela un peu en décalage avec les personnes plus classiques que nous rencontrions à l'époque, et ce décalage scellait notre amitié.

Charlotte ne resta que quelques mois chez moi, car enceinte de son premier enfant elle s'unit à Bernard en février. Mais nous continuions à jouer de la flûte, et j'admire encore la patience de Charlotte pour m'initier aux méandres du solfège.

Je m'étais, pour progresser, inscrite à un stage de flûte à Hondschoote, dans les Flandres, et y ai rencontré Cédric qui, passionné de musique baroque et de cet instrument, nous a encouragés à nous entrainer à trois, puis un peu plus tard à quatre, munies de flûtes de différentes tailles. Nous étions assez impressionnants à regarder, mais sûrement un peu moins à écouter ! Les oreilles de Bernard, qui de temps en temps nous enregistrait en ont fait les frais. Charlotte continue de progresser en musique, mais sans moi, et surtout avec un piano. L'enregistrement qu'elle m'a envoyé il n'y a pas très longtemps est magnifique. Quant à Cédric, j'adore l'écouter jouer de la flûte, c'est enlevé, mélodieux, joyeux. Mes flûtes sont restées dans un placard.

Sylvie, la petite sœur de Charlotte, prit la place ensuite. J'ai retrouvé en elle les qualités de dynamisme, de générosité et de chaleur, liées à leur vécu au Maroc, un peu plus d'une dizaine d'années, où leur famille avait résidé pour suivre leur père qui avait un poste à responsabilité dans une entreprise installée à Casablanca.

L'équitation, l'alpinisme, la voile, la musique... mais il restait encore beaucoup de mondes à explorer. Même si je reprenais mon souffle en dehors de ma famille, j'avais toujours une place à trouver !

Charlotte, professeur d'anglais, avait choisi de s'occuper de ses enfants, et avec Bernard, ils se sont appliqués à déployer leurs talents. Ensemble nous nous sommes initiés à l'aquarelle, où Charlotte ne tarda pas à exceller, il lui est arrivé plusieurs fois d'exposer et de vendre. Puis nous avons expérimenté le modelage où Bernard nous éblouit des nus qui reposent encore dans leur grande cave. Je peux grâce à ces démarrages continuer à m'exprimer dans les différents ateliers que je fréquente encore.

Chapitre 13
Les voyages

Ma place dans la vie était encore chargée de points d'interrogation. Si je me sentais plus à l'aise dans ma vie professionnelle, sur le plan relationnel, j'étais toujours lourde de ce passé où les mots m'avaient manqué pour dire mon mal être. Mais une famille nombreuse est aussi source de vitalité, et le dynamisme dont j'ai hérité m'a permis de mettre en place et de vivre de savoureuses trêves. Dans mon entourage il m'a été fait de nombreuses propositions que je ne manquais pas d'accepter.

Deux amis qui avaient, l'une un frère et une belle-sœur, et l'autre une sœur et un beau-frère qui faisaient leur coopération en Afrique, avaient organisé un périple en Côte d'Ivoire, où ces derniers étaient domiciliés. Ils m'y convièrent, ainsi que deux autres amis ; Jean-Luc le frère de Myriam, et son épouse habitaient Bouaké. Gabrielle, la sœur de Romain, et Paul, son mari, habitaient Korhogo à la frontière du Mali.

Jean-Luc avait acheté pour nous une R16 d'occasion, ce qui nous permit de découvrir ce pays haut en couleur : Abidjan, ses marchés bruyants et odorants, Yamoussoukro et la forteresse d'Houphouët-Boigny entourée de douves emplies de crocodiles, Korhogo et ses tisserands : ils ou elles fabriquaient de longs rubans de couleur écrue, qui rassemblés formait une toile, sur laquelle était peints en noir des scènes de danse ou autres cérémonies.

Près d'Abidjan, un oncle de Myriam, Père blanc, nous avait emmenés dans les villages où nous avons participé à des repas, des fêtes, et pu être accueillis la nuit dans une case. Dormir sur la terre battue et prendre le petit déjeuner dans la demi-calebasse emplie d'une boisson de couleur non identifiable, cela changeait nos habitudes. Après Korhogo, nous avions visité une partie du Mali, jusqu'au pays dogon, et leurs villages construits au flanc des falaises. Après notre départ Jean-Luc a pu revendre notre voiture.

À la même époque et par l'intermédiaire de Bruno, avec qui nous jouions au volley, j'avais fait la connaissance de Michel, un ami parisien de grande taille et très chaleureux, mais surtout excellent organisateur d'activités sportives. Avec lui nous sommes Christian, un autre ami, et moi, partis en Pologne. L'idée était de visiter Cracovie, où nous fûmes reçus chez une de ses amies, puis d'explorer une partie des Tatras en randonnée à ski.

Je garde de ces moments des images magnifiques. Nous étions partis de la station de Zakopane, et après avoir fixé nos peaux de phoque sous les skis, nous grimpions de refuge en refuge, longeant la frontière avec la Slovaquie. Nos passages dans les refuges nous ont permis de découvrir l'accueil chaleureux des gardiens et beaucoup des spécialités culinaires polonaises servies : le goulasch, les beignets, la soupe à la betterave rouge. La randonnée n'était pas particulièrement difficile, mais, skieuse moyenne je détestais faire des conversions, ou des descentes dans la poudreuse, et j'ai plusieurs fois mis la patience de mes amis à rude épreuve. Les couleurs vives et fleuries de ce pays me restent en mémoire, aussi bien les décorations des chalets que les foulards portés par la plupart des femmes.

Nous en avions profité, en repartant, pour visiter Varsovie et avions découvert leur histoire et leurs blessures lors de la guerre 40, ainsi que les immeubles impressionnants de l'ère soviétique.

Michel, qui ne se nourrissait pratiquement pas pendant la randonnée, s'arrêtait dans presque toutes les pâtisseries pour récupérer les forces qu'il avait utilisées pendant ces quelques jours. C'était impressionnant dans les deux cas.

Avec ce même Michel, nous sommes partis l'été en Sicile, Christian, mon frère David et moi, embarquant nos vélos dans le train jusqu'à Naples. Michel avait invité Betty, une amie américaine dont la stature était imposante. Cette dernière avait fait parvenir son vélo par avion, déjà un peu abimé par le voyage, et dès qu'elle se posa sur la selle, les roues un peu trop fines ne résistèrent pas à son poids.

Après avoir visité Naples et Pompéi, nous avons traversé la mer Tyrrhénienne jusqu'à l'ile du Stromboli en petit bateau à moteur chargé de nos vélos, et avons bivouaqué sur la plage de sable noir, avant de grimper vers le cratère du volcan. Mes pieds se souviennent encore de la chaleur du sol.

Arrivés en Sicile, ce sont mes mollets qui s'en souviennent. Que de côtes, que de côtes, et cette fois ce fût le vélo de Christian qui demanda réparation, le guidon s'étant détaché de la fourche à force de tirer dessus pour aider les jambes.

Nous avons visité l'église de Montréal où nous avions débarqué, couverte de mosaïques byzantines et la vallée des temples grecs de style dorique. Nous dormions à la belle étoile et parfois nous nous sommes réveillés, le duvet couvert de petits escargots blancs, qui profitaient de la rosée matinale pour sortir de leur tanière et observer ces drôles d'envahisseurs.

C'était la saison des vendanges et certains d'entre nous se sont régalés des grappes de raisin qui débordaient des charrettes tirées par des chevaux : nous nous y accrochions, ce qui aidait bien aussi dans les montées.

Christian et moi, un peu las des grimpettes par chaleur étouffante, avons quitté le groupe, et sans oublier de traverser Palerme pour saluer l'Etna, sommes repartis vers notre Grand Nord en passant par Rome. Arrivée sur la place St Pierre, j'étais très impressionnée par sa taille démesurée comme de la basilique et tombai en extase devant la

Piéta de Michel Ange. Si vous passez par là, ça vaut vraiment le détour.

À la même époque, nous sommes encore au début des années 80, Sylvie, la petite sœur de Charlotte m'a présentée à Jérôme ; ce dernier m'initia lors des différentes randonnées entre amis, à l'ornithologie dont il était féru, j'ai appris grâce à lui le nom de quelques oiseaux.

Toujours le même Michel, nous entraina, Christian, Jérôme et moi au Maroc pour visiter Marrakech, puis randonner dans le Haut Atlas, jusqu'au mont Toubkal. Ce qui m'impressionna le plus, en dehors de Marrakech, fut l'accueil dans les villages. Nous étions guidés par un autochtone dont les deux mules portaient nos sacs, et chaque soir étions reçus dans une maison familiale, où les petits plats étaient mis dans les grands, accueillis par les hommes de la famille, même par les petits garçons quand leur père n'était pas là. Nous dormions sur les terrasses des maisons.

Nous étions au printemps, et je me souviens surtout des couleurs : la terre rouge et les briques des maisons assorties, des iris bleus, des cultures en espalier, des noyers sans feuilles alors que nous étions au printemps. Nous avions emporté nos raquettes que nous aurions chaussées en cas de neige en altitude, mais nous en sommes principalement servies pour traverser les cours d'eau afin de ne pas nous blesser les pieds, la neige ayant quitté les hauteurs. Notre périple se termina par quelques jours passés à Essaouira, où nous nous régalâmes de sardines grillées servies au port.

Les voyages forment la jeunesse... Je commençais donc à être formée, mais étais toujours aussi peu douée pour manifester le béguin que j'éprouvais pour l'un ou l'autre. J'attendais que ça tombe du ciel, et ça ne tombait pas ! J'étais pourtant bien malheureuse lorsque l'un ou l'autre m'annonçait leur fiançailles, alors que j'avais pu éprouver leur amitié et parfois quelques marques d'intérêt ou même de tendresse.

Alors, pour tromper nos solitudes, nous avions organisé avec les personnes restées célibataires, des soirées portes ouvertes : tel jour chez l'un et tel jour chez l'autre, chacun savait que ce jour-là, il pouvait venir en apportant une partie de repas. J'avais choisi le samedi à midi, ce que je trouvais commode pour organiser en même temps un cinéma le samedi soir ou une balade le dimanche. Bref, je n'étais pas toujours heureuse, mais ne m'ennuyais pas.

J'enviais mes amies mariées qui élevaient leurs enfants ou passaient des soirées avec leur mari en amoureux. J'ai été étonnée d'apprendre de certaines qu'elles aussi m'avaient enviée ! Le monde est mal fait ! Ou bien, on n'est jamais content ?

Ces temps de pause vis-à-vis de ma famille me permettaient de reprendre le souffle, tout en restant écartelée entre deux mondes. Mais ce fut aussi l'occasion de construire des amitiés ou d'élargir mon horizon. Cela n'a pas empêché quelques moments d'agacement avec certains.

Entre autres, j'ai le souvenir d'un ami qui donnait beaucoup de conseils lors de soirées de bridge et je m'entends encore lui signifier que nous n'étions pas ses élèves, ce qui provoqua notre désaccord qui perdure jusqu'à aujourd'hui. Eh oui c'est agaçant quelqu'un qui sait ce qu'il faut faire à votre place, mais le ton que j'ai utilisé était probablement agressif ou, comme à mon habitude, disproportionné.

Chapitre 14
Exister

Je m'investissais beaucoup dans mon travail. La psychanalyse était la référence dans le centre où je travaillais, et le responsable de notre antenne animait des soirées de réflexion auxquelles je participais. Cela me donna l'occasion dans les années 80, de passer quelques week-ends à Paris. Nous allions deux ou trois collègues et moi aux séminaires de M. Nasio, ce qui nous a permis de nous familiariser avec le langage de la psychanalyse, mais aussi de visiter des expositions, d'assister à une pièce de théâtre ou de voir un film qui ne passait plus dans le Nord, ce que je fis aussi lors de ma formation de thérapeute du langage. Une pièce de Pirandello, *6 personnages en quête d'auteur*, a soulevé mon enthousiasme, véritable coup de cœur : il s'agit d'une famille qui cherche à exister !

Exister, du latin *existere* ou *exsistere* : sortir de... se manifester... se montrer... Ces personnages, qui demandent à un metteur en scène de jouer un drame qu'ils viennent de vivre, n'arriveront malheureusement pas à en accepter la représentation. Trop collés à leur réalité, ils ne supportent pas le moindre décalage forcément lié à l'interprétation par les acteurs. Mais alors il y a une solution : sortir des images que l'on a de soi ou que l'on croit que les autres ont de nous ? Et exister ?

Dans ces mêmes années 80, je fis la connaissance de Sophie, une amie de Jérôme, qui devint sa femme par la suite. J'avais plus ou moins abandonné la pratique religieuse, mais j'ai été interpellée lors de notre rencontre par la paix et la joie qui émanaient de sa personne, et son engagement spirituel m'a encouragée à m'y intéresser. Sophie cheminait avec une communauté, et d'origine protestante, elle nous a à quelques amis et moi, transmis son amour de la Parole de Dieu.

Je me suis moi-même engagée dans cette communauté, la communauté de l'Emmanuel, et en participant aux groupes de prière, nous avions l'habitude de prier les uns pour les autres.

Il m'était déjà arrivé en rentrant d'un séjour dans le Boulonnais de ressentir la beauté des paysages traversés comme une marque d'amour d'un Créateur infiniment bienveillant. Beauté inépuisable, source d'émerveillement : la variété des couleurs, les collines et les vallées d'où émergent par-ci par-là le clocher d'une église entouré de maisons au toit rouge mêlé aux multiples nuances de vert, la forme des nuages dans un ciel bleu éclatant... comme une révélation qui vous inonde de paix et de joie. Alors que j'avais souvent l'impression de vivre dans le pays des autres, celui-là était le mien.

Mais lorsqu'arrivée à un des week-ends de la communauté qui se passait à Paris, fatiguée et découragée, j'avais demandé la prière sous cette forme : « J'aimerais que le Seigneur me montre qu'il m'aime. » Une personne, comme c'était la coutume, a ouvert la Bible et lu cette phrase dans le livre du prophète Isaïe : « Tu as du prix à mes yeux et je t'aime ». Je l'ai reçue comme une déclaration directe, et ça a été pour moi, le début d'une nouvelle façon d'entrevoir la vie !

Une nouvelle façon de me percevoir, de me représenter. J'ai retrouvé avec force ce que j'avais reçu quelques années plus tôt : tous filles et fils de roi. Si je n'arrivais pas à faire l'unité en moi, entre les deux chaises, entre ma vie et la vie des autres, voici que je me trouvais accueillie hors milieu social, accueillie comme j'étais. Quel soulagement, quelle libération !

Cette communauté m'a transmis l'habitude de louer Dieu, et je m'y suis prêtée, ce qui a bien contribué à m'aider à retrouver la joie.

Auparavant le matin souvent, habillée et le petit déjeuner avalé, avant de partir travailler, je m'asseyais quelques minutes pour rassembler mes énergies, laisser se déposer mes préoccupations ou mes incertitudes, pour affronter la journée. Lorsque j'arrivais au CMPP, certains jours, le degré de légèreté intérieure n'était pas toujours au beau fixe. J'arrivais alors le visage fermé et disais à peine bonjour. La secrétaire savait qu'il ne fallait pas m'interroger ces jours-là. Mais si une ou un autre collègue m'interpellait, je devenais hérisson, et si je répondais, je répondais froidement ou agressivement.

Les raisons pour lesquelles j'étais de mauvaise humeur étaient multiples : par exemple j'attendais un coup de fil d'un ami qui n'arrivait pas, ou bien je n'avais pas retrouvé le disque vinyle qu'on m'avait prêté et que je devais rendre, ou j'avais eu un mal fou à retrouver mes clés... bref, encore une fois, ça ne marchait pas comme je voulais.

Rendre grâce en toutes choses, a permis une profonde transformation en moi. Cela m'a permis de relativiser, de faire confiance.

Ce passage du poème de Paul Eluard « pouvoir tout dire » me parle :

Il faudra rire mais on rira de santé. On rira d'être fraternel à tout moment. On sera bon avec les autres comme on l'est avec soi même quand on s'aime d'être aimé.

Il venait de m'être signifié que je l'étais.

Il était devenu possible d'exister autrement qu'en faisant la tête ou en se fâchant ; j'étais aimée comme je suis, les autres étaient aimés comme ils sont, je suis devenue beaucoup plus indulgente et accueillante, pour moi-même et pour les autres. Même mes collègues, habitués à mes quelques sautes d'humeur s'en sont rendu compte. D'ailleurs certains étaient persuadés que j'étais amoureuse.

Cette nouvelle confiance m'a permis de m'engager dans un travail de psychothérapie analytique, et aussi de m'installer en libéral à Roubaix. La vie continuait, mais de façon plus légère.

J'avais fait part à mon thérapeute de ma peur de la fin du monde, il m'a repris : « la fin d'un monde » ! Cela m'a donné l'occasion de décider de passer d'une certaine position infantile à l'âge adulte : quitter l'attitude passive et décider de faire face à la réalité, sans accuser le monde entier, assumer, et trouver des solutions, ce que semble promettre la démarche de la demande de psychothérapie ?

De même, un de nos accompagnateurs spirituels nous proposait de voir « comme Dieu voit », prendre ce recul. Cela m'a beaucoup aidée à relire ma vie ou les événements sous un autre angle, y percevoir du sens et y consentir. La pratique de la prière de louange m'y a beaucoup aidée. Si je ronchonnais parce que les choses ne se passaient pas comme je voulais, prendre ce recul me permettait non seulement d'y percevoir un sens, mais d'y trouver d'autres remèdes. Rendre grâce pour tous les événements, bons ou mauvais, permet de lire la réalité autrement, d'y percevoir les bons côtés, ou de développer une attitude de confiance, de rester paisible.

Jusque dans les années 90, je participais aux groupes de prière, et aux rassemblements d'été. Cela demandait de s'y investir, mais l'énergie et l'enthousiasme de ces assemblées me communiquaient vitalité et force. Réalisation de la prophétie dans Ezéchiel au chapitre 37, verset 9 :

Ainsi parle le Seigneur : des quatre souffles, viens souffle, pénètre ces tués et qu'ils vivent.

J'ai pu parallèlement regarder ma vie en psychothérapie avec confiance, même lors des prises de conscience difficiles.

Michel, Sophie et Jérôme, installés à Paris, de nouveaux projets dans le Nord se mirent en place. Avec Thibaut nous organisions nos vacances d'été toujours aussi sportives, et donc à vélo. Nous avons visité, année après année, la Bavière, la Cornouaille, et plusieurs régions de France, la Bourgogne, la Bretagne, les châteaux de la Loire, le Poitou... L'un de nous réservait une première nuitée dans le village choisi pour le démarrage de la randonnée, où nous arrivions en voiture ou en train, et nous définissions nos points de chute en consultant les offices de tourisme qui nous proposaient les gites disponibles dans la direction que nous nous étions fixée.

Pour les week-ends de l'année, nous avions loué à plusieurs, un appartement en Belgique, à La Panne. Nous nous y rendions en fin de semaine, avec quatre amis une fois par mois. Nous avions partagé cette location avec d'autres qui s'y rendaient les semaines disponibles. Quel plaisir que ces moments où nous faisions de grandes balades sur la plage, les visites de musées, les spécialités culinaires de chacun, mais surtout les fameuses croquettes de crevettes que nous dégustions dans les restaurants, bien meilleures que celles proposées en France ! Nous étions toujours surpris par la propreté des plages, mais aussi dès que nous passions la frontière, nous avions l'impression que les paysages avaient été passés à l'aspirateur. Nous avions pris l'habitude de fuir les moments de grandes fêtes comme le réveillon de la Saint-Sylvestre, Pâques, la Pentecôte, et même de la grande braderie de Lille : fuir les mondanités, les foules.

Chapitre 15
Quelques colères. Alexis

À cette même période, mon frère David, qui avait passé une petite dizaine d'années à Étampes comme éducateur spécialisé en horticulture dans un CAT, était revenu dans le Nord ; et ayant connu des périodes de chômage, il logeait à nouveau chez nos parents : nous nous retrouvions avec plaisir quand j'y passais un moment. La maison de nos parents à Cassel est restée jusqu'en l'année 2000, le lieu des rassemblements familiaux, et nous y donnions un coup de main quand nos frères et ma sœur, avec leurs enfants venaient de Valence, de Beauvais, d'Arras ou de Dunkerque, pour les accueillir.

À Cassel, nos parents avaient retrouvé des amis d'enfance, et David avait lié amitié avec Alexis D. Tous les deux en recherche de travail avaient du temps pour faire du sport, des balades, et les week-ends, nous passions de bons moments à la mer ou en forêt dans la région de Clairmarais, près de Saint-Omer. Ils rendaient bien service pour les petits ou grands travaux dont avait besoin la maison et Alexis partageait souvent les repas familiaux. Il s'éloigna pour un temps à Lyon où il avait trouvé un emploi, et à son retour, son installation à Lille nous a rapprochés.

Alexis d'une dizaine d'années plus jeune, était cependant beaucoup plus à l'aise que moi dans la relation physique et affective, nous sommes assez vite tombés dans les bras l'un de l'autre. Nous logions chacun chez soi, mais passions beaucoup de temps ensemble.

C'est un peu avant cette période qu'un conflit avec le responsable de la communauté de l'Emmanuel a provoqué mon départ.

Même si je m'étais sentie sortie d'affaire, enfin aimée, ce n'était pas fini en moi.

Alors que j'avais pu recevoir pendant plusieurs années l'accompagnement spirituel et fraternel de cette communauté, un événement a créé la rupture : nous nous réunissions régulièrement les week-ends et il était nécessaire de se dévouer pour s'occuper des enfants des couples. Je ne sais pas si c'était encore ma manière de me faire remarquer, de me faire bien voir ou mériter l'amour ou l'amitié des autres mais je m'y collais plus souvent qu'à mon tour.

Une remarque du responsable sur la manière de m'occuper des enfants a pro-voqué ma colère et je suis partie. Il est vrai que je faisais surtout de la surveillance, alors qu'une animation un peu spirituelle aurait été appréciée et peut être mieux adaptée ? Ou l'organisation de jeux ? Mais j'y mettais de l'énergie et ne pas l'avoir reconnu me contrariait beaucoup. Ce responsable faisait partie des personnes qui savent comment il faut être, comment il faut faire, et ça aussi et depuis longtemps m'agaçait.

Je ne suis pas complètement guérie de ces colères...

Ces colères... Ce mal qui m'a été transmis, nous a été transmis et qui nous a empêchés mon père et nous, mon père et moi de nous rencontrer. Ce n'était pas de saintes colères... Déjà mon grand-père paternel se fâchait quand les événements ne se passaient pas comme il le souhaitait. Mon père se fâchait probablement parce que rien ne se passait comme il aurait voulu : l'accident d'Adrien, sa vie professionnelle et la dégringolade sociale, les frasques de ses enfants...

J'ai pris conscience de ce blocage le jour où, après avoir exceptionnellement osé m'opposer à mon père, je ne sais plus pour quel sujet, je suis montée en pleurant dans ma chambre et mon père interloqué est venu me prendre dans ses bras. Je me suis alors et malheureusement raidie, je regrette encore de n'avoir pu me laisser aimer ce jour-là.

J'étais encore trop blessée pour comprendre, et accepter son affection, prendre cette place pour mon père, prendre cette place tout court.

J'ai compris depuis, que son mécontentement lors de mes retours de pension, puisqu'il s'enfermait dans sa chambre quand je ne lui sautais pas au cou, pouvait être de la tristesse, moi qui le percevais méchant !

J'ai alors choisi de cheminer dans un autre groupe de prières. Petits groupes de sept à huit personnes qui se rencontrent toutes les trois semaines pour partager la façon dont la Parole de Dieu accompagne nos questionnements dans la vie. J'y ai reçu, comme dans le travail de psychothérapie, des occasions de me rendre compte, de changer de regard, de percevoir une autre lecture des événements de ma vie.

Moi qui me vis comme « apatride », entre deux chaises, il m'est proposé de faire l'unité en moi. De passer d'un monde à un autre monde, de faire des passages.

La vie partagée avec Alexis ne nous a pas empêchés de continuer à vivre comme avant.

J'avais quarante-cinq ans et des habitudes de célibataire. J'ai continué à participer aux week-ends entre copains où il pouvait nous rejoindre, à jouer aux cartes avec mes amis pendant qu'il se rendait au cinéma, à participer aux journées ou soirées de formation pendant qu'Alexis faisait des petits cross avec David.

Il leur est arrivé un dimanche de participer à un concours de garçons de café, et ils étaient tellement en retard qu'en arrivant les derniers du circuit en forme de boucle, on a cru qu'ils étaient les premiers lorsqu'ils ont passé la ligne d'arrivée. Ils ont été acclamés, et leur photo fut en première page dans le journal local !

Et puis, j'étais toujours bien occupée par mon travail, qui surtout pour la partie libérale ne laissait pas beaucoup de temps libre.

En 1997, nous avions organisé une grande fête pour mes cinquante ans. J'ai retrouvé le couplet d'une chanson que mes collègues avaient écrite à mon intention sur l'air de « ma petite est comme l'eau » : « Elle a mauvais caractère, chacun craint ses colères, au CMPP on en rit, et d'ailleurs elle aussi. Vous la brusquez, elle ne va pas apprécier. Râlez, pestez, jamais vous ne l'égalerez. »

Nos parents vieillissants nous occupaient bien aussi, jusqu'au jour où mon père fut hospitalisé et nous quitta en juin 2000 ; je n'avais pas eu le temps ni l'occasion d'échanger avec lui, mais j'étais sereine et en paix, même si le vécu familial a laissé des cicatrices qui restent sensibles.

Ma mère préféra quitter cette grande maison et nous l'installâmes avec mes frères dans un foyer logement, à Mons-en-Barœul, plus près de chez moi... ce furent des années bien remplies. Heureusement, Alexis pouvait me relayer. Elle mourut en 2009.

Chapitre 16
Notre petite maison, notre appartement, notre mariage

Mon frère David et moi n'avions jamais été propriétaires de notre logement. En 2009, nous fîmes l'acquisition d'une petite maison dans les Flandres à Wemaers-Cappel que David occupe encore. Nous le rejoignons les week-ends et souvent plusieurs jours en été ou au moment des vacances scolaires.

L'achat de cette maison nous a pris pas mal de temps, puisque David souhaitait que celle-ci soit pourvue de deux entrées séparées, afin de pouvoir y vivre chacun de son côté, et ainsi éviter les conflits toujours possibles. La recherche de la perle rare a duré au moins deux ans. Et lorsque nous sommes arrivés devant celle qui emporta notre assentiment, nous avons ressenti un certain soulagement.

Notre premier coup d'œil fut ébloui par le joli jardin dont les jonquilles égayaient le premier massif, et l'aménagement de l'ensemble donnait une impression d'harmonie. La maison blanche avec les deux portes nous a tout de suite semblé correspondre à notre recherche. Celle de droite, porte d'entrée, était entourée de deux fenêtres munies de jolis volets en bois peints en blanc et agrémentés de grands Z verts. Le tout apparaissait charmant. La toiture de tuiles rouges, percée d'une fenêtre en chien assis, laissait présager un espace suffisant pour nous accueillir tous les trois.

L'intérieur était moins séduisant, puisque le plafond très bas et les fenêtres de petite taille ne laissaient entrer que peu de lumière. Une chambre sur notre gauche, dont le sol en terre battue, et les murs recouverts d'un joli papier peint, sentait un peu l'humidité. La pièce d'entrée, qui était aussi la salle principale, possédait une grande cheminée, le seul point de chauffage de la maison.

Une cloison séparait cette salle de la cuisine, dont le sol, recouvert de petits carreaux de céramique, était bien abimé. La cuisine servait également de salle de bain puisqu'un lavabo trônait à droite d'une autre cheminée qui avait été condamnée. Et sur la gauche une autre pièce devait servir de chambre.

La seconde porte n'était pas vraiment une porte d'entrée puisqu'elle donnait accès à une pièce sans fenêtre qui devait servir de garde-manger. Un escalier permettait d'accéder à l'étage où un grand dortoir en soupente était recouvert de lambris, et malgré le peu de lumière celui-ci apparaissait chaleureux.

Immédiatement nous avons imaginé les aménagements possibles : percer certains murs, pour créer la communication entre les deux espaces, créer l'indépendance entre ces deux dernières en aménageant deux cuisines, créer une salle de bain commune, abattre la cloison entre la cuisine et la salle de séjour. Bref, forts de ces projets, nous avons acquis cette petite maison.

La première année fut chargée en travaux divers ; elle est maintenant accueillante, surtout l'été où sa fraicheur rend les périodes de canicule plus faciles à supporter.

Cette longère au plafond bas oblige notre frère Adrien, qui mesure presque deux mètres, à baisser la tête à certains endroits. Il vient de temps en temps y passer une journée avec son épouse, et se cogne souvent sur les poutres du salon et de la cuisine salle à manger.

Mais le joli jardin nous permet d'accueillir quand il fait beau, nos neveux ou nos amis, et les Flandres continuent à offrir mille occasions de se cultiver, de faire la fête ou d'approfondir nos connaissances en histoire de France dans cette région récemment acquise par Louis XIV à son royaume. Et nous y faisons encore de délicieuses gelées de mûres en automne.

Après avoir fait l'acquisition d'un appartement à Mons-en-Barœul, Alexis et moi nous sommes mariés en 2014 à Oxelaere toujours près de Cassel.

Mais je reste très sensible aux dictatures, aux injustices, aux injonctions. Au fil des années mes revendications se sont bien estompées, ce n'est pas tout à fait fini.

J'ai gardé de tous les événements familiaux cités plus haut, la peur d'exprimer parfois ma désapprobation, surtout avec les personnes qui m'impressionnent, ou que leurs propos provoquent en moi une trop grande colère. J'avais depuis toute petite pris l'habitude de subir, sans trop me défendre, les choses qui me paraissaient injustes, par peur des autres mais peut-être aussi par peur de ma propre colère ?

Chapitre 17
Encore les colères et réconciliation

Je me suis fâchée comme ça avec Florence. Cette dernière avait, lors d'un retour de week-end, décidé de partager les frais de covoiturage aux frais réels, et comme le conducteur n'en avait rien à faire, je m'y étais opposée. Florence avait beaucoup insisté, et je me suis tellement fâchée qu'on ne se parle plus depuis ce temps-là. Je crois que les calculs de ma mère pour chaque achat, afin de payer moins cher, y étaient pour quelque chose.

Je me suis fâchée aussi avec Alexis, un jour avant que l'on se marie, pour une broutille… On a réussi à se réconcilier, parce que toujours, je regrette ces mouvements impulsifs !

Alors je comprends cette réaction forte lors du conflit entre Matthieu et Damien, dans notre petit groupe de partage de la parole de Dieu.

Lorsqu'il a été éjecté, j'ai vécu son départ comme une injustice, et cette façon qu'avait Damien d'interroger la manière de faire de Matthieu, je l'aurais souvent et volontiers faite mienne. Alors au moment de son rejet, c'est une partie de moi-même qui était rejetée : cette impression de mon enfance d'être toujours en trop, me rapproche naturellement des personnes mises au ban. Le groupe a continué à fonctionner, comme si de rien n'était, et je ne supportais plus du tout cette impression de toute-puissance de notre responsable, même si je reconnaissais ses qualités.

J'ai bien essayé de questionner les membres de notre équipe quant à la circulation de la parole, puisqu'il me semblait que Matthieu imposait le plus souvent sa manière de voir les choses, ne laissant pratiquement pas de place aux autres membres, mais cela n'a pas eu d'écho.

J'ai changé de groupe, avec cette impression désagréable de ne pas avoir réussi à me faire entendre, de ne pas avoir su m'exprimer.

Je chemine avec un nouveau groupe... et ne désespère pas de trouver une certaine sérénité !

Et puis, dernièrement un texte de la Bible m'a éclairée, je le cite dans Matthieu (9,9-13) :

Comme Jésus était à table à la maison, voici que beaucoup de publicains, c'est-à-dire des collecteurs d'impôts, et beaucoup de pécheurs vinrent prendre place avec lui et ses disciples. Voyant cela, les pharisiens disaient à ses disciples : « pourquoi votre maître mange-t-il avec les publicains et les pécheurs ? Jésus qui avait entendu déclara : « ce ne sont pas les gens bien portants qui ont besoin de médecins, mais les malades. Allez apprendre ce que signifie : je veux la miséricorde, non le sacrifice. En effet, je ne suis pas venu appeler les justes, mais les pécheurs ;

Les collecteurs d'impôts sont les collaborateurs des Romains aux yeux des pharisiens. Les pharisiens, eux, savent comment il faut se comporter. Ça me pose directement la question : est-ce que je ne suis pas semblable aux pharisiens dans ce qui m'oppose à Matthieu ? En le jugeant, je me situe comme bien portante ; or ce sont les collaborateurs que Jésus entoure, chouchoute ! Je peux le regarder, comme Il le regarde !

La méditation de cette parole est pour moi un début de victoire dans ce conflit qui m'habite ! Prise de conscience que mon attitude est aussi injuste que celle de Matthieu.

John Lennon l'a dit autrement :

> *Nous avons tous Hitler en nous, mais nous avons aussi l'amour et la paix ; pourquoi ne pas donner sa chance à la paix.*

Et puis, dans ce conflit, j'ai ma part de responsabilité, puisque lorsque c'était encore possible, je n'ai jamais pris le temps d'interpeller Matthieu lorsque je n'étais pas d'accord avec son attitude.

Mon éducation m'a appris à être « gentille », à laisser la place aux autres, mais ne m'a pas appris à me défendre. De même : si la résilience permet de traverser les épreuves en s'adaptant aux événements, cela ne permet pas toujours (voire empêche) de dénoncer les situations injustes.

Dénoncer les situations injustes m'aurait demandé du courage, mais aussi la force de supporter la mise en danger. J'avais pris l'habitude de garder mes forces pour me tenir la tête hors de l'eau.

J'espère que Matthieu, que je n'ai pas réussi à interpeller, aura l'occasion de se remettre en question, parce que dénoncer ce qui me semblait injuste aurait permis de le faire.

Et parce qu'être le grain de sable qui empêche de tourner en rond est une qualité bien sûr !

Alors cet autre passage de la Bible me parle, dans Jérémie (15,9) :

Si tu reviens et que je te fais revenir, tu te tiendras devant moi. Si de ce qui est vil, tu tires ce qui est noble, tu seras comme ma bouche...

Cette dernière parole me touche par-ti-culièrement, et résonne en moi comme une promesse : il ne sera plus nécessaire de se fâcher, ou de fuir puisque j'arriverai à dire ce que je pense ou ce qui me trouble avec justesse, et au bon moment.

Ces paroles me mettent en paix.

Depuis trois quarts de siècle sur cette planète, il est temps pour moi de me réconcilier !

Remerciements

Merci à toutes les personnes qui m'ont accompagnée et soutenue pour réaliser ce livre : Sandra, Bénédicte et François, Marie Cé, Dominique, Charlotte, Dominique et Gérard, Anne, Véronique, Micha...